KB135991

해방, 그리고
통일을 위하여

최 천 택

현 정 란 지음

회유, 고문에도
굴하지 않는 의지

"산아, 찻길에서 띠면 안 된다 안카더나. 천처이 가그라."

할아버지는 앞서 뛰어가는 산이를 보며 소리쳤다.

새파란 하늘과 빨갛게 물든 벚나무 잎들이 가을을 알리고 있었다. 걸음을 멈춘 산이 입에서 거친 숨이 뿜어져 나왔다.

"헉! 헉! 헉!"

대청공원 입구 공터 나무에 기대고 서 있던 영자 할머니가 앞서 뛰어가는 산이를 보며 물었다.

"산아, 와 자꾸 띠싼노? 할매 가슴이 놀라겠구만. 느그 할배는?"

"저~어~기요."

산이는 발걸음을 멈추고 자신이 뛰어온 길을 뒤돌아봤다. 가쁜 숨을 내뿜으며 올라오고 있는 할아버지가 보였다.

"영감탱이, 인자는 손자를 몬 이기겠는가베."

"최 영감아, 빨리 온나! 손자는 벌써 왔다 아이가. 니도 인자 늙었는갑다!"

영자 할머니 옆에 있던 김 노인이 할아버지를 보며 소리쳤다.

대청공원에 조성된 중앙공원 공터에는 가을 단풍을 즐기는 할머니, 할아버지들이 많았다.

"산아, 와 그리 빠르노? 인자는 니 몬 이기겠다."

할아버지가 산이를 보며 숨을 길게 내쉬었다.

"이 영감탱이가, 그라모 손주를 이길라캤나?"

영자 할머니가 할아버지를 보며 타박을 주었다.

"또, 또. 자네는 와, 최 영감만 보면 잡아 무울라카노?"

"내가 은제 그랬다고 그래쌌노?"

영자 할머니가 눈을 흘기자 김 노인은 눈길을 돌려 딴 청을 피웠다.

"오늘따라 할배, 할매들이 와 이리 많노?"

"가을이다 아이가. 멀리 못 가이까네 가까운 데서라도 가을 기분 함 내야 안 되겠나. 여봐라. 얼메나 좋노. 딴 데 갈 필요가 뭐 있노? 우리는 여가 최곤기라. 저쪽으로 가보 자. 좋은 곳 있다."

할아버지가 앞장서서 걸음을 옮겼다.

"산아, 니도 따라 온나."

쉼터 의자에서 쉬고 있던 산이는 할아버지 뒤를 따라 걸었다.

"뭐 땜에 늦었노? 최 영감이 늦게 오는 바람에 자리 다 뺏깃다 아이가."

영자 할머니가 의자를 놓친 것이 못내 아쉬운 듯 타박을 놓았다.

"산이 데꼬 온다고 늦었다아이가. 내가 여 올라카는데 아들 며느리가 어데 간다꼬 산이를 데꼬 가면 안되겠냐는 기라. 안 나올라카는 아를 데꼬 나온다꼬… 날씨도 좋고, 단풍도 이쁘게 들었고… 이리 나오이까 좋네. 산아, 니도 좋제?"

"네, 좋아요~"

산이는 신이 났다. 매일 학교 마치고 학원을 둘러 집에 오면 저녁때가 되어 밖에서 뛰어놀 시간이 없었다.

"아~들은 뛰어놀아야 하는 기라. 그래야 건강하게 잘 큰다카이."

김 영감이 산이를 보며 입꼬리를 올렸다.

그때 할아버지가 걸음을 멈추고 커다란 돌덩이에 박혀 있는 동판을 보며 말했다.

"여다 여. 조용하고 바다도 보이고 진짜 좋다."

커다란 돌덩이에 박혀있는 동판에는 아저씨 얼굴이 새겨져 있었다. 그 얼굴은 이순신 장군 얼굴도, 세종대왕 얼굴도 아닌 낯선 젊은 아저씨 얼굴이었다. 앙다문 입술, 부릅뜬 눈이 비장해 보였다.

'독립투사 최천택 선생 기념비'

"산아, 뭘 그리 뚫어지게 보고 있노?"

"할아버지, 저분은 어떤 사람이에요?"

산이는 아저씨 얼굴을 가리켰다. 영자 할머니가 산이를 돌아보며 혀를 끌끌 찼다.

"니, 최천택 선생 모리나?"

"요새 아들이 우째 아노? 김구 선생이나 안창호 선생은 알란가 모르겠지마는 부산에서 독립운동 한 사람을 우째 알겠노? 잘 모린다."

김 영감이 혀를 찼다.

"모리믄 갈카주면 되지."

할아버지 말에 옆에 있던 영자 할머니가 고개를 끄덕였다.

"그래. 지금이라도 알믄 되는 기라."

"산아, 최천택 선생님은 부산에서 독립운동을 한 분인 데. 고문이란 고문은 다 당해가면서 일본놈들한테 대항했 던 분인 기라. 진짜 소탈하고 거침없는 분이었구마. 아주 강직한 분이단 말이다."

할아버지는 동판에서 눈을 돌려 바다를 바라보며 말을 이어갔다.

1. 당찬 소년

최천택은 1896년 6월 1일 부산시 동구 좌천동 496번지에서 최차구 씨 집안 2대 독자로 태어났다. 천택의 아버지는 유교 전통을 중요하게 여기는 가풍을 이어가고 있었다. 그의 집안은 해운대와 가야 등지에 논밭을 가지고 있어서 생활하는 데 어려움이 없었다.

수정산에서 시작하여 부산 북항으로 흘러가는 부산천의 모습은 평화로웠다. 부산천에서 빨래하는 아주머니들과 물놀이 하는 아이들 목소리가 돛단배 사이를 지나 공중으로 높이 떠올라 수정산으로 사라졌다.

마을 아이들은 틈만 나면 옛 부산진성인 자성대와 영가대 앞 바닷가, 그리고 증산에서 놀았다.

초여름 햇살이 뜨겁게 내리비치는 7월 말이었다.

동천 주변 들판에는 깊이 뿌리를 내린 벼들이 물결을 이루었다. 호박과 오이들은 가느다란 줄기를 타고 둥실둥실 매달려있었다. 흰색과 보라색 도라지꽃이 화사하게 자태를 뽐냈고, 넝쿨을 이루며 돌담 위로 꼬불꼬불 올라선 나팔꽃과 작은 개울가에 핀 며느리밑씻개도 햇볕을 잔뜩 머금었다. 새들은 자귀나무와 모감주나무 사이로 날아다니며 목청을 돋웠다.

　동네 어르신들뿐만 아니라 동네 아이들의 놀이터인 영가대 언덕은 마치 큰 고분처럼 엎드린 거북 같고, 사방이 흡사 호리병 속의 별천지 같아 보였다. 더위에 지친 어른들은 15칸 누각에 앉아 시원한 바람을 맞으며 먼바다를 바라보곤 했다.

　영가대 앞의 모래와 펄이 적당히 섞인 갯벌은 아이들의 놀이터였다. 두 발을 모아 비비며 발에 닿는 딱딱한 조개를 잡는 아이들, 모래 갯벌을 헤집고 달려가서 바닷물 속으로 풍덩 몸을 던지는 아이들의 고함소리가 영가대를 넘어 증산으로 울려 퍼졌다.

　아이들은 영가대에서 조금 떨어진 옛 부산진성인 자성대에서 노는 것을 즐겼다. 자성대 성벽은 비스듬하게 경사져 있었다. 아래에서 위쪽으로 올라가며 나선형을 이루고 있어서 아이들이 놀기에는 안성맞춤인 곳이었다. 아이들은 두 팀으로 나누어서 경사진 성벽을 타고 오르는 놀이를 즐겼다. 성벽을 먼저 오른 팀은 소리를 질러 자신들이 이겼다는 것을 알렸고, 이긴 팀 아이들은 성벽 안에 있는 제일 큰 나무에 올라서서 부산포 앞바다를 바라보며 함성을 질러 힘을 과시했다.

　어느 정도 쉬고 나면 다시 성벽 옆길을 따라 내려와서 영가대 앞 바닷가로 '풍덩' 뛰어들었다. 동네에서 마음껏

뛰어놀던 아이들은 저녁 해가 증산 뒤로 넘어간 뒤에야
집으로 돌아가곤 했다.

천택은 7살이 되던 해부터 한문을 공부하는 육영재에
다니기 시작했다.

여느 날과 마찬가지로 천택은 도시락을 등에 메고 서당
으로 뛰어가고 있었다.

"천택아, 서당에 가나?"

동네 친구들이었다.

"응, 느그는 어데 가노?"

"저기, 증산에 간다."

"증산에? 뭐 할라고?"

"증산 개울에 개구리 잡으러 간다. 개구리 많다 아이
가."

동네 친구들 손에는 노란 호박꽃이 들려있었다.

"개구리? 근데 호박꽃은 와 들고 있노?"

"이 호박꽃이 개구리를 잡는 밥인 기라."

호박꽃으로 개구리를 잡는다는 친구들 말이 진짜인지
궁금했다. 천택은 잠시 생각했다. 자신이 다 아는 것을 자
꾸만 더 가르치는 서당 훈장님이 시시하고 재미없게 느껴
지던 참이었다. 천택은 서당에서 재미없는 공부를 하는
것보다 개구리 잡는 것이 더 재미있을 것 같았다.

"내도 같이 가믄 안되나?"

"니, 서당 가는 길 아이가? 괜찮겠나?"

"괜찮다. 서당은 시시하고 재미없다. 내도 델고 가도."

"니 혼나도 우린 모른데이."

동네 친구들이 앞장서서 뛰어가자 천택이도 등에 멘 도시락 통을 달랑거리며 쫓아갔다. 산 중턱에서 옆으로 돌아가자 개울 옆에 커다란 물웅덩이가 보였다. 물웅덩이 사이로 풀이 무성하게 자라있었다. 수풀 사이로 개구리들이 몸을 감추고 있는 것이 보였다.

"저거, 다 개구리 맞나?"

천택이는 바지를 벗고 있는 친구들을 보며 물었다.

"보믄 모르나? 내가 그랬다 아이가. 억수로 많다꼬."

천택이도 바지를 벗어서 던져두고 물웅덩이 속으로 들어갔다.

"천택아, 개구리 잡으믄 저기, 저 통에 넣고 뚜껑 닫아야 덴데이."

"알았다."

친구들은 노란 호박꽃을 줄에 매달아 물웅덩이 위에서 살랑살랑 흔들었다. 그러자 개구리가 뛰어오르더니 호박꽃을 덥석 물었다. 그때 줄을 잡아당겨 잽싸게 땅바닥에 내동댕이쳤다. 그러자 호박꽃을 물고 있던 개구리가 나동그라지며 기절했다. 아이들은 기절한 개구리를 잡아서 통에 넣었다.

아이들이 개구리 잡는 것을 구경하던 천택이는 병태가 준 줄에 호박꽃을 매달고 물웅덩이 위에서 살살 흔들었다. 어느 순간 개구리가 폴짝 뛰어오르더니 호박꽃을 물었다. 천택이는 재빨리 줄을 당겨서 힘껏 내리쳤다. 개구리가 땅바닥에 부딪히며 기절했다. 천택이는 개구리 뒷다리를 잡고 들어 올렸다.

"야, 내도 잡았데이!"

천택은 활짝 웃는 얼굴로 친구들을 봤다. 친구들이 천택이를 보며 엄지손가락을 들어 올렸다. 천택은 자신이 잡은 개구리를 통 안에 집어넣었다. 기절했다가 깨어난 개구리들이 폴짝폴짝 뛰며 밖으로 나오려고 안간힘을 쓰고 있었다. 천택이는 개구리를 내려다보며 중얼거렸다.

"느그가 아무리 뛰어도 몬 나온다. 느그는 오늘 우리 밥인기라."

그때 천택이 배에서 꼬르륵 소리가 났다.

"느그, 배 안 고프나?"

"그라고 보니 배고프네. 우리 개구리 꾸버 묵자."

물웅덩이 밖으로 나온 병태가 돌멩이를 주어서 동그랗게 쌓았다.

"느그는 나뭇가지 주 온나."

천택이는 친구들과 함께 나뭇가지를 주워왔다. 병태는 돌멩이로 만든 구덩이 안에 나뭇가지를 쌓아놓고 불을 피우기 시작했다. 규찬이는 버들가지를 꺾어서 꼬챙이를 만들더니 개구리 다리 사이를 꿰었다.

천택이와 친구들은 불 속에서 익어가는 개구리들을 보며 군침을 삼켰다. 천택이는 맛있게 구워진 개구리를 입안에 넣었다.

"어떻노?"

병태가 물었다.

"진짜 맛있데이. 꼭 닭고기 먹는 거 같구마."

천택이는 개구리 다리가 닭고기를 먹는 것처럼 고소하다는 것을 처음 알았다. 그는 입가에 묻은 개구리 향까지 깨끗하게 핥아먹었다.

친구들은 풀 위에 누워서 해바라기를 했다. 천택의 눈이 막 감기려고 할 때였다.

"야, 이제 배도 부른데 산꼭대기 올라가야 안 되겠나?"

병태 목소리였다. 아이들이 이구동성으로 대답했다.

"당연하제. 여게 왔으믄 산꼭대기에 올라야 제맛인 기라."

천택이는 아이들과 증산 꼭대기에 올랐다. 증산 꼭대기에는 임진왜란 때 왜군들이 쌓은 왜성이 있었다. 왜병장수가 머물렀다는 천수각이 있던 정상에는 풀만 무성했다. 정상에서는 부산진뿐만 아니라 부산항이 한눈에 내려다보였다.

병태가 손을 뻗었다.

"저 밑에 보이는 기 정발 장군을 모셔놓은 사당인 정공 단이다. 저게 보이는 정자가 영가대고, 그 옆에 있는 기 옛날 부산진성인 기라."

영가대 앞 모래 펄에서는 아이들이 조개를 잡고 있었다.

병태는 고개를 돌렸다.

"여게 이 산은 수정산이고, 그 옆에 있는 산이 구봉산인 기라."

병태는 잠시 말을 멈추고 증산 뒤로 보이는 산들을 가리 켰다.

"저 뒤로 보이는 산은 엄광산이다. 저어기는 어딘지 아 나?"

"영도 아이가?"

"맞다. 영도. 저 산 이름은 봉래산인 기라."

"니는 어찌 그리 잘 아노?"

천택이가 병태를 보며 물었다.

"다 아는 수가 있다."

천택은 병태를 바라봤다. 작은 눈, 앙다문 입, 햇볕에 그 을린 까만 피부가 남달라 보였다. 병태는 천택의 눈빛을 의 식했는지 군데군데 무너져 있는 성벽 쪽으로 눈을 돌렸다.

"저게 성벽 위를 뛰어 댕기는 것도 잼있데이."

병태가 성벽을 향해 뛰어 내려가자 천택이도 병태 뒤를 쫓았다. 천택은 친구들과 노는데 빠져 시간 가는 줄 몰랐다.

그즈음, 해가 하늘 높이 걸렸는데도 천택이 서당에 나타나지 않자, 서당 훈장님은 일하는 아이를 천택의 집으로 보냈다.

"어르신요, 서당 훈장님이 이거 전해주라고 하던데예."

천택이 아버지는 심부름하는 아이가 내미는 종이를 받아서 펴 보았다.

천택이 서당에 오지 않았습니다. 집안에 무슨 일이라도 있습니까?

아침에 서당으로 간다고 나간 천택이 서당에 가지 않은 것이다.

"우리 천택이가 서당에 안 갔단 말이가?"

천택의 아버지는 심부름 온 아이를 뚫어지게 내려다보며 물었다.

"네. 오늘은 못 봤어예."

"아니, 이 자석이 어데로 사라졌단 말이고?"

어머니 목소리에는 걱정이 가득 묻어 있었다. 2대 독자인 천택이에게 무슨 일이 생기면 큰일이기 때문이다. 어머니는 불안한 눈빛으로 대문을 바라보며 말했다.

"여보, 우리 천택이한테 뭔 일이 생긴 거 아이겠지예?"

"씰데없는 소리 하지 마소."

아버지 목소리는 작으면서도 차가웠다. 아버지는 식솔들을 불러모아 천택이 갈만한 곳을 찾아보라고 일렀다.

사람들은 천택을 찾아다니기 시작했다. 인근 친척 집, 가까운 친구 집, 그리고 자주 놀러 다니던 곳을 뒤졌으나 그 어디에도 천택의 흔적은 없었다.

천택은 집안을 발칵 뒤집어 놓았다는 것도 모른 채 신나게 놀고 있었다.

천택을 찾지 못한 가족들은 불안감에 휩싸여 있었다. 어머니는 발을 동동거렸고, 아버지는 안절부절못했다.

"우리 천택이한테 나쁜 일이 생긴 거는 아이겠지예?"

"그걸 말이라꼬 하나! 그런 일 없으이까 헛소리하지 마라 안 하더나!"

아버지는 소리를 버럭 질렀다. 아버지는 내색하지 않았지만 걱정이 더 컸다.

'우리 천택이는 마, 괜찮을 기다.'

어머니는 대문 밖에서 골목을 내다봤고, 아버지는 마루턱에 서서 대문만을 쳐다봤다.

해가 서쪽으로 기울어지고 있었다. 천택은 노래를 흥얼거리며 골목으로 들어섰다. 바지저고리는 흙투성이였고, 빈 도시락 주머니는 등에서 덜렁거리고 있었다.

"천택아!"

어머니 목소리는 안도감과 반가움으로 가득 차 있었다.

"천택아, 어데 갔다 인자 오노?"

"⋯⋯."

천택이는 어리둥절한 얼굴로 어머니를 바라봤다.

"이노무 자슥, 서당에도 안 가고 어데 갔다 인자 오노? 을메나 찾아다닌 줄 아나? 빨리 들어가자."

어머니는 천택이가 무사히 돌아온 것을 다행으로 여겼다. 어머니 손을 잡고 대문 안으로 들어선 천택은 발을 움직일 수가 없었다. 대청마루 위에서 아버지가 두 눈을 부릅뜨고 천택이를 노려보고 있었기 때문이다.

"서당 빼묵고 어데 갔드노?"

천택이는 그제야 자신의 잘못을 깨달았다.

"아버지, 잘못했어예. 서당에 가기 싫어가꼬 동네 아~ 들캉 산에 가서 놀았어예."

"뭐라? 서당에 가기 싫었다꼬?"

"네. 서당 선생님이 했던 것만 계속 되풀이 시키믄서 공부를 앞서가지 못하게 하는 기라예."

"공부를 앞서가지 못하게 한다꼬?"

"네. 아는 것을 자꾸 하라고만 하고⋯⋯."

천택이 눈에서 눈물이 뚝뚝 떨어졌다.

아버지는 천택을 가만히 바라봤다. 천택의 마음을 이해할 수 있었다. 천택이는 다른 아이들보다 앞서갔다. 하지만 선생님은 천택이만을 위해 수업을 앞서 나갈 수 없었다. 그래서 다른 아이들과 맞추기 위해 공부했던 것을 계속 반복해서 시키고 있었다. 그러다 보니 천택이는 공부하는 것이 지루했고, 서당에 가는 것이 싫었던 것이다. 천택은 의외로 머리가 좋았을 뿐만 아니라 보통 아이들보다 당돌한 데가 있다는 것을 잘 알고 있었던 아버지는 더 이상 혼낼 수가 없었다.

1904년에 러·일 전쟁이 일어났다.

일본은 1905년에 러시아의 항복을 받아냈다. 한반도에서 러시아를 몰아낸 일본은 1905년 11월 7일에 한국의 외교권을 빼앗기 위해 강제로 '을사늑약'을 체결했다. 이에 격분한 조선 후기 문신인 최익현은 고종황제에게 오적의 토벌을 청하는 상소를 올렸다. 또한 을사늑약의 무효를 국내외에 선포했다.

이를 계기로 전국 곳곳에서 반대 집회가 일어났다. 언론인 장지연은 황성신문에 〈시일야방성대곡〉이라는 주제로 '일본이 우리나라를 잡아먹었으니, 우리 백성은 모두 통곡을 해야 한다.' 라는 사설을 실어 민족적 울분을 표현했다. 부산의 좌천동에서도 어른들이 삼삼오오 모여 황성신문 내용을 서로 주고받으며 울분을 터뜨렸다.

어른들이 한탄하는 소리를 들은 천택은 마당 한쪽에서 마른 나뭇가지를 다듬고 있는 아버지에게 물었다.

"아버지, 우리가 나라 없는 백성이 됐다는데 참말입니꺼?"

"그래. 이제 우리는 나라를 잃어삤다. 나쁜 관리들이 나라를 팔아 삔 기라. 그라이 인자 우리는 외교권을 빼앗긴 허수아비 국가가 된 기라."

"나라를 팔아 삤다고요? 그라믄 인자 여가 우리 땅이 아닌 기라예? 우리나라가 없어졌다는 겁니꺼?"

"그래. 우리나라가 없어진 거나 마찬가지다. 하지만 정신을 바짝 차려가 다시 찾으믄 된다. 암 되찾아야 하고 말고."

아버지는 하늘을 올려다봤다. 하늘에는 먹구름이 잔뜩 끼어있었다.

"나라를 되찾을라믄 어떻게 해야 하는 겁니꺼?"

천택은 다시 물었다. 아버지는 하늘에 두었던 눈을 거두고 천택을 애정 어린 눈빛으로 바라봤다.

"세상을 보는 눈을 키워야 하는 기라. 그럴라믄 학문을 열심히 닦아야 한다. 아는 것이 많아야 대항할 수 있는 힘도 키울 수 있는 기다. 무력으로 남의 것을 빼앗는 것만큼 나쁜 것은 없는 기라."

아버지는 다시 하늘로 눈길을 주었다. 천택이도 하늘을 올려다봤다. 금방이라도 빗방울이 뚝뚝 떨어질 것만 같았다.

'나라를 되찾고 말 거라예!'

천택은 그때 결심했다. 나라를 꼭 되찾고 말겠다고.

2. 동국역사 책을 등사하다

1905년 을사늑약이 맺어진 후 일본이 조선을 침략하기 시작했다. 일본은 우리나라 서당을 문 닫게 압력을 가하면서 일본식 교육기관을 만들었다. 천택이 다니던 육영재도 일본의 압력에 문을 닫게 되었고, 그곳은 부산진 보통학교로 바뀌었다. 또한 1901년부터 시작된 경부선 철도공사를 하면서 영가대 언덕은 반쪽으로 깎여 나갔고, 안쪽의 옛 군선 정박처도 서서히 매립되었다.

1907년 1월 부산진 포구 앞으로 수백 명의 사람이 모여들었다.

최익현 선생은 을사늑약의 부당함을 알리며 을사오적을 처단할 것을 주창했지만, 자신의 주장이 받아들여지지 않자 1906년 4월 전라북도 태인에서 의병을 일으켰다. 하지만 74세의 고령으로 일본군과 싸우기에는 역부족이었다. 결국 관군에게 패하여 체포되었고, 대마도로 끌려갔다.

그는 '왜놈의 주는 것은 물 한잔도 마시지 않겠다.'는 결기로 단식을 하다가 같은 해 12월 20일에 죽음을 맞이했다. 보름 후인 1907년 1월 최익현 선생의 시신이 부산포를 통해 돌아왔다. 그의 시신이 부산 앞바다에 도착하자 사람들이 구름떼처럼 모여들었다. 그때 천택이도 아버지를 따라 부산포로 갔다. 천택은 최익현 선생의 시신 앞에서 나라 잃은 슬픔과 선생의 죽음을 한탄하며 눈물을 흘리는 수백 명의 사람을 봤다. 그는 최익현 선생의 시신 운구행렬을 보며 나라를 되찾는 일에 자신의 몸을 아끼지 않겠다는 다짐을 한 번 더 하게 되었다.

1910년, 일본의 강압에 의해 조선은 멸망했다. 그 후 조선총독부가 들어왔다. 일본은 1911년 조선칙령을 발표하면서 우리나라 말과 글뿐만 아니라 문화와 풍습을 없애기 시작했고, 일본말과 문화를 가르치기 시작했다. 1915년 옛 부산진역에서 부산우편국 앞까지 전차가 개설되면서 영가대 언덕은 더욱 깎여나갔고 영가대 건물도 흉물스럽게 방치되었다. 결국 어른들과 아이들의 놀이터도 사라지게 되었다.

1912년 4월 1일 천택은 부산공립상업학교(현 개성고등학교)에 진학하게 됐다. 학교 가는 길목은 영선고개를 깎아내리는 착평 공사와 해안을 덮는 매축 공사로 어수선했다. 천택은 어릴 때 놀던 바닷가가 흙으로 메워지고, 뛰어놀던 산자락이 깎여지는 모습을 보며 씁쓸한 표정을 지을 수밖에 없었다.

"쪽바리놈들! 남의 땅에다가 뭔 짓을 하는 기고."

천택은 울분을 감출 수가 없었다.

일본은 조선 땅 곳곳의 지형을 바꿔놓고 있었다. 특히 부산은 더 심했다. 그뿐만 아니라 학교에서는 한글을 못 쓰게 하고 일본말로 공부하게 했다.

'우리말을 쓰지 몬 하고 와 쪽바리 말을 써야 되노? 쪽 바리놈들은 와 남의 나라에 쳐들어와가꼬 자기들 마음대로 하는 기고?'

천택은 일본말이 머리에 들어오지 않았다. 시간이 지날수록 답답한 마음만 쌓여갔다. 그러던 중 우리나라 역사책 읽는 것을 법으로 금지하자 천택은 반발했다.

'와, 우리나라 역사책을 못 보게 하노? 와!'

2학년이 된 천택은 학교를 마치면 매일 좌천동 거리를 쏘다녔다.

봄바람이 불어오는 날 천택은 혼자서 증산에 올랐다. 벚꽃 잎이 바람에 못 이기는 듯 우수수 떨어졌다. 천택은 발에 밟혀 짓이겨진 벚꽃 잎을 보며 사람들 얼굴을 떠올렸다.

'이대로 가만히 있어서는 안 된다. 뭔가 해야 한다. 내가 할 수 있는 일이 뭐가 있겠노?'

일본의 만행에 분노를 터뜨리며 답답한 마음을 달래던 천택의 머릿속에 갑자기 떠오르는 것이 있었다.

'맞다. 그라면 되겠다.'

천택은 마침내 결심했다.

'조선 사람이 조선의 뿌리를 모르고 우째 조선 사람이라 하겠노? 빼앗긴 나라를 되찾는 길은 우리 역사를 알리는 길 뿐이다.'

천택은 자신의 계획을 실행하기 위해 비밀리에 재혁이와 병태, 홍규를 만났다. 친구들을 바라보는 천택의 눈에 힘이 잔뜩 들어갔다.

"쪽바리들이 우리를 잡아 물라 칸다 아이가."

천택이 말에 재혁이가 기다렸다는 듯 맞장구를 쳤다.

"니 말이 맞다. 우리 말과 글을 못 쓰게 하드만 인자 역사책도 못 보게 하는 기 말이 되나?"

홍규가 눈을 치켜뜨며 소리쳤다.

"쪽바리새끼들!"

"이러다가 진짜 쪽바리 나라가 되는 거 아이가?"

천택의 말에 병태도 한마디 했다.

"우리가 가만있어도 되는 기가? 뭐라도 해야 하는 거 아이가?"

재혁이와 홍규도 천택이를 뚫어지게 바라봤다.

"내가 생각한 기 있기는 있구마."

천택이가 목소리를 낮추자 친구들이 천택이 앞으로 가까이 다가섰다.

"우리가 배우던 동국역사 책 있다 아이가. 그 책을 등사해서 친구들에게 나눠주믄 어떻겠노?"

병태가 눈을 반짝였다.

"천택이 니, 우째 그런 생각을 다 했노?"

"우리 뿌리를 잊지 않으믄 분명 나라를 되찾을 수 있을 기다."

"등사 기구는 어떻게 구할 낀데?"

홍규가 천택이를 보며 물었다.

"내가 누고? 벌써 다 알아봤다."

천택이는 의미심장한 표정으로 친구들을 봤다.

"역시 천택이다."

재혁이가 천택이를 보며 웃었다.

천택이와 재혁이가 모든 준비를 하고, 준비를 마치면 천택이네 사랑채에 모여서 등사를 하기로 했다.

5월의 증산자락은 철쭉꽃들로 만발했다.

하지만 꽃들을 시샘하듯 며칠 동안 비가 계속 내렸다. 방안에 갇힌 아이들이 지루해할 즈음에 비가 그쳤다. 물이 고인 논밭에서는 개구리가 울어댔고, 농부들은 모내기를 하기 위해 바쁘게 움직였다.

어둠이 깔린 밤이었다. 밖은 깜깜하고 새로 생긴 찻길에서 가끔 일본 나막신 소리만 '또각또각' 들려왔다.

천택이네 사랑채 호롱불 아래 네 명의 친구들이 모여 앉았다. 네 친구는 의미심장한 표정으로 서로를 바라봤다. 하지만 마음 한편에서 일어나고 있는 불안감은 감추지 못하고 있었다.

천택이는 세 친구를 보며 물었다.

"각오 됐나?"

"됐다. 사내새끼는 두말 안 한다."

재혁이 목소리에는 힘이 잔뜩 들어가 있었다. 병태와 홍규도 고개를 끄덕였다. 병태가 천택이를 보며 물었다.

"됐제?"

천택이는 고개를 끄덕였다. 천택이와 재혁이는 꼼꼼하게 체크해 가며 등사 기구와 동국역사 책을 준비했다.

"요새, 쪽바리들 감시가 심하다카더라."

홍규가 목소리를 낮추었다.

"걱정하지 마라. 우린 학생이라 괜찮을 끼다."

재혁이가 친구들을 둘러봤다. 그러자 병태가 눈썹을 치켜세우며 말했다.

"학생이라고 안심하믄 안 된다. 요새는 학생들도 많이 감시한다 카더라."

"전부 우리한테 달려있다. 우리가 비밀을 잘 지키고 행동을 조심하믄 걱정할 필요 없다."

천택은 주먹을 불끈 쥐었다. 친구들은 서로를 보며 눈빛을 교환했다. 의미심장한 얼굴이었다.

"맞다. 우리 모두 조심하믄 된다."

재혁의 말에 모두 고개를 끄덕였다. 네 친구는 눈빛을

주고받은 뒤 등사기를 꺼내서 준비했다. 푸른색 밀랍종이를 가리방이라고 부르는 철판에 얹었다. 그리고는 연필보다 약간 굵으면서 끝이 뾰족한 철심이 박힌 철필로 옮겨 썼다. 그리고서 잉크를 등사용 롤러에 골고루 묻혀서 등사판에 붙인 밀랍종이 위를 등사기로 한 장, 한 장 밀었다. 마지막으로 그것을 모아서 묶었다.

책을 등사한다는 것은 생각보다 힘든 작업이었다. 희미한 호롱불을 켜놓고 서툰 솜씨로 몇백 부의 책을 찍어낸다는 것은 결코 쉬운 일이 아니었다. 간혹 밀랍종이가 찢어지면 다시 글을 새겼다. 하지만 천택이와 친구들은 묵묵히 동국역사 책을 찍어내기 시작했다.

천택은 100부를 찍어서 학교 친구들에게 나눠줄 생각이었다. 하지만 등사를 하면서 욕심이 생겼다. 조금 더 등사를 해서 다른 학교 학생들에게도 나누어주면 좋을 것 같았다.

"이 동국역사 책을 우리 학교 친구들만 나눠줄 끼 아니라, 다른 학교 친구들한테도 나눠 주믄 좋을 거 같은데… 너 거, 생각은 어떻노?"

천택이 자신의 생각을 말하자 재혁이가 고개를 들었다.

"좋은 생각이구마. 많은 친구들이 보믄 좋지 않겠나?"

"그라자. 이왕 찍는 거 좀 더 찍으믄 될 거 아이가."

병태는 등사기에서 손을 떼고 친구들을 봤다. 홍규도

동국역사 책을 펼치며 말했다.

"이왕 시작한 거 마 하자. 하믄 되겠다."

"좋다. 그라믄 100부는 찍을 수 있으니깐 우선 100부를 찍고 나중에 필요하믄 그때 가서 다시 의논하자. 됐제?"

"됐다"

천택의 말에 다들 열심히 손을 움직였다.

너울거리는 호롱불 밑에서 네 친구의 손놀림과 숨소리만이 사랑채를 가득 메웠다. 천택은 가끔씩 창밖으로 귀를 기울였다. 일본 경찰에게 들켰다가는 자신들이 하려는 일이 물거품이 될 수 있기 때문이다. 한편으로는 자신이 뭔가 할 수 있다는 생각에 마음이 들떠 있었다.

닷새 만에 동국역사 책 100부를 완성한 네 친구는 한 페이지 한 페이지를 등사하여 노끈으로 엮은 동국역사 책을 한참 내려다봤다. 자신들이 만들었다는 것이 믿기지 않았다.

"야, 우리가 진짜 해냈다."

천택은 세 친구를 보며 환하게 웃었다.

"맞다. 우리가 해낸 기다."

재혁이도 동국역사 책을 펼쳐 들었다. 아직 다 마르지 않은 잉크 냄새가 코끝으로 다가왔다.

병태도, 홍규도 자신들이 만든 동국역사 책을 펼쳤다.

"햐, 잉크 냄새가 와 이래 좋노."

홍규가 책을 코끝에 가져다 놓고 말했다.

"야, 니, 그러다가 씹어 묵겠다."

병태가 홍규를 보며 등사한 책을 입에 갖다 대고 먹는 시늉을 했다. 세 친구는 병태를 보며 웃다가 흠칫 놀란 듯 입을 다물었다.

"야, 너거 조심해래이. 일본 경찰에게 들키믄 도로아미타불이데이."

"맞다. 맞다. 우리의 성공을 위해 조심하자."

재혁이가 손을 내밀며 친구들을 봤다. 천택이와 병태, 홍규는 재혁이가 내민 손을 잡았다.

"동국역사 책을 위해!"

천택이가 목소리에 힘을 주었다. 네 친구는 의미심장한 눈빛을 주고받았다. 그들은 자신들이 맡은 분량을 나누어 각자 보자기에 싸 들고 집으로 돌아갔다.

다음 날.

네 친구는 쉬는 시간과 점심시간에 친한 친구 한, 두 명씩 변소(화장실) 뒤편과 학교 건물 뒤쪽의 한적한 곳으로 불러내어 동국역사 책을 나누어주었다. 천택이도 학교 건물 뒤쪽으로 영식이를 불러냈다.

"영식아, 이 책 받아라."

"뭔데?"

"동국역사 책이다."

"뭐? 동국역사 책?"

동국역사 책을 펼쳐 본 영식이의 눈이 동그래졌다.

"니가 이거를……?"

"등사했다. 친구들캉 같이 봐라. 그 대신 조심해래이."

"천택아, 고맙데이. 잘 읽을 고마."

네 친구는 1차로 등사한 100부의 동국역사 책을 아무 탈 없이 친구들에게 나누어줄 수 있었다. 동국역사 책을 받아 든 친구들은 금지된 책을 받아든 두려움보다 친구들이 동국역사 책을 등사해서 만들었다는데 놀라움이 더 컸다.

1차로 만든 책을 모두 나누어주고 나자 다들 용기를 얻었다. 그리고 2차 작업을 위해 다시 천택의 집 사랑채로 모였다.

"모두 수고했데이. 우리가 동국역사 책을 등사한 것은 진짜 잘한 거 같제?"

천택은 세 친구를 바라보며 활짝 웃었다.

"처음 나눠줄 때는 심장이 을메나 뛰었는지 모른다. 심장소리가 너무 커가 밖으로 들리까 봐 쫄았다 아이가. 친구들이 좋아하믄서 응원해주니까 진짜 기분이 째지더라."

병태는 자신의 오른쪽 손바닥을 왼쪽 가슴에 대고 활짝 웃었다. 그러자 홍규도 고개를 끄덕였다.

"나도 심장이 떨려가 미치뿌겠더라."

재혁이도 얼굴 가득 웃음을 머금으며 말했다.

"나도 시껍했따 아이가. 그래도 아~들이 좋아하는 거보이까 기분이 째지데."

병태가 작은 소리로 물었다.

"야, 2차분을 만들믄 어떻게 나눠줄 낀데?"

"다 생각해 놨다."

천택이는 당연하다는 듯이 친구들을 봤다. 그리고는 말을 이어갔다.

"우선 일신여고(현 동래여자고등학교), 동래고보(현 동래고등학교), 부산항고녀(현 경남여자고등학교), 조선인학숙(현 학원과 비슷한 곳) 학생 대표들에게 나눠줘서 돌려 읽게 하는 기라."

천택이는 자신의 생각에 동조해주기를 바라면서 친구들을 둘러봤다. 천택이를 바라보던 홍규가 먼저 입을 열었다.

"좋다. 그라믄 우리가 한 학교씩 맡아서 나눠주믄 되겠다."

"우선 각 학교 대표들을 집으로 오라 해 가 우리 의견을 말하고 나눠주는 건 어떻노?"

천택이는 친구들을 보며 물었다.

"좋은 생각이구마."

홍규가 무릎을 쳤다.

"그라믄 각 학교 대표들을 만나야 하니까 우리가 한 학

교씩 맡아 대표들을 불러 모으자. 동래고보는 내가 맡을
게. 일신여고는 병태가 맡고, 부산항고녀는 홍규, 조선인
학숙은 재혁이 니가 맡으믄 되겠제?"

"알겠다."

세 친구는 천택의 의견을 따르기로 했다.

네 친구는 등사기 앞에 붙어 앉았다. 천택이가 밀랍종이
를 철판에 얹어 철필로 글을 새겨나갔다. 완성된 밀랍종이
를 재혁이가 등사판에 얹어 한 장, 한 장 조심스럽게 등사
하면 병태가 각 페이지별로 나누었다. 끝으로 홍규가 노끈
으로 책을 엮었다. 2차로 70권을 완성하고 나자 네 친구는
자신들이 맡은 학교 대표들을 불러 모았다.

학교 대표들은 천택이네 사랑채에 모여 앉았다. 천택이
는 학교 대표들에게 자신들이 동국역사 책을 만든 목적과
생각을 말했다. 그러자 다들 놀란 눈으로 네 친구를 바라
봤다.

"너거, 대단하다."

"우리가 할 수 있는 건 무조건 도와주께."

각 학교 대표들은 2차분으로 완성한 70여 권의 동국역
사 책을 나누어서 가져갔다.

2차로 만든 동국역사 책도 모두 나누어 준 천택이와 친
구들은 더욱더 자신감을 얻었다. 처음에는 일본 경찰에게
들킬까 봐 두근두근 떨리는 마음으로 시작했지만, 1차와

2차분을 나누어주고 나니 자신감과 용기가 생겼다.

그들의 용기와 자신감은 3차 등사로 이어졌다. 3차는 90권을 완성했다. 3차로 만든 등사본은 천택이 집에 보관했다가 동국역사 책을 희망하는 학생이 있으면 주기로 했다.

천택은 일본 경찰의 눈을 피해 등사한 동국역사 책을 나누어 줄 수 있는 방법을 고민했다. 그러면서도 동국역사 책을 보내 달라는 연락이 오면 다른 일을 제쳐 두고 달려갔다.

시름시름 앓던 아버지 몸은 점점 나빠지고 있었다. 어느 날 아버지가 천택이를 불러 앉혔다. 아버지 얼굴은 창백했으며 뼈마디가 드러나 있었다. 천택의 눈시울이 붉어졌다. 천택은 눈물이 흘러나오는 것을 참으며 나직한 목소리로 아버지를 불렀다.

"아버지……."

"괘안타. 내 걱정은 말그라."

아버지는 숨을 길게 내쉬더니 천천히, 아주 천천히 입을 열었다.

"천택아, 니도 이제 다 컸으니 나라의 중요성을 알 끼다. 나라를 빼앗긴 설움이 을메나 큰지를 말이다. 절대 잊어서는 안되는 기라… 니는 나라를 되찾는 일에 발 벗고 나서야 한다. 꼭 나라를 되찾아야 한데이."

아버지는 숨이 가쁜 듯 말을 멈추었다. 천택은 아버지를 내려다봤다. 앙상한 나뭇가지가 누워 있는 것만 같았다.

"아버지, 걱정 마이소. 지는 이곳에서 끝까지 싸울낍미더. 아버지 곁을 떠나지 않을 거라예."

아버지는 감았던 눈꺼풀을 천천히 들어 올렸다. 입꼬리를 살짝 올리더니 입술을 떼었다.

"천택아… 어떤 일이 있어도 니가 하고자 하는 일은 끝까지 밀고 나가는 사람이 되어야 한데이. 알겠제? 이 아비에게 뭔 일이 생겨도 멈추어서는 안 되는 기라."

그리고 사흘 후에 아버지가 돌아가셨다. 천택은 아버지가 돌아가시기 전에 자신에게 남긴 말을 가슴 깊이 새겨넣었다. 어떤 일이 있어도 아버지와의 약속을 지키겠다고 다짐했다.

아버지가 돌아가시고 얼마 되지 않은 날이었다. 6월 초 여름인데도 뜨거운 햇볕이 내리쬐고 있었다.

학교 수업 첫 교시를 시작한 지 몇 분이 지나지 않았을 때였다.

"최천택 학생, 어디 있나?"

부산경찰서 고등계 형사대가 천택이네 반 교실로 들이닥쳤다.

"와예?"

"최천택, 나와!"

형사들은 다짜고짜 천택이를 밖으로 끌어냈다. 동국역

사 책을 등사한 사실이 탄로 난 것이다.

고등계 형사들한테 잡혀서 경찰서로 연행되어 간 천택
은 심문을 받기 시작했다

"네가 동국역사 책을 등사해서 돌린 것이 사실이냐?"

"네. 제가 했습미더."

"지금이 어느 땐데 동국역사 책을 본단 말이냐?"

"난 단지 우리나라 역사를 알고 싶었을 뿐입미더."

"뭐야! 우리나라라고? 한일 합방으로 조선이 지도 위에
서 사라진 것을 모르고 있단 말이냐? 대일본제국이 너희
나라란 말이다! 너는 이제 일본 천황의 백성이란 걸 모른
단 말이냐!"

"아입미더! 조선은 없어지지 않았습미더. 지금은 나라
를 빼앗겼지만, 우리 민족의 정신은 가슴 속에 남아있습
미더."

"뭐야! 이 새끼가 죽고 싶어 환장했구나!"

"……."

"동국역사 책은 어디에서 구했나?"

"……."

"이 일을 누구와 했나?"

"혼자 했습미더."

"동국역사 책 등사를 누구와 했는지 말해라!"

"혼자 했다 안 합니꺼."

혹독한 고문은 열흘 넘게 계속되었다. 하지만 천택은 혼자 한 일이라고 잡아뗐다.

천택이 계속 입을 열지 않자 고문의 강도는 점점 심해졌다.

공중에 매달아 놓고 매질을 했으며, 손발을 묶고 호스를 입에 연결하고 뱃속에 물을 가득 채운 다음 배 위에 널빤지를 놓고 밟기도 했다. 그뿐만이 아니었다. 수건을 얼굴에 펼쳐놓고 그 위로 물을 부었다. 그리고는 몇 초 동안 버티는지 시간을 재기도 했다. 견디기 힘든 고문이 계속됐지만 천택은 입을 다물었다. 혼자 했다는 말만 되풀이할 뿐이었다.

"누구와 했는지 다 알고 있다. 바른대로 대라."

"혼자 했습미더."

"혼자 했을 리 없다. 빨리 불지 않으면 죽을 줄 알아라."

"지 혼자 했단 말입미더."

온갖 고문에도 천택의 앙다문 입을 열 수 없었다. 천택을 취조한 일본 형사는 혀를 내두를 수밖에 없었다.

남편을 잃은 슬픔에 젖은 채 집에 있던 천택이 어머니는 아들을 구하기 위해 밖으로 나왔다. 어머니는 학교와 경찰서를 신발이 닳도록 쫓아다녔다. 결국 일본 경찰은 천택이를 풀어줄 수밖에 없었다.

천택은 10일 동안 자신에게 자행되었던 모진 고문들을

이겨냈다. 그 덕분에 동국역사 책을 빌려준 선생님과 같이 등사했던 친구인 재혁, 병태, 홍규는 무사할 수 있었다.

부산공립상업학교 2학년이었던 천택이에게 있어서 감옥과, 그곳에서 받은 혹독한 고문은 이후 항일정신을 불태우는 계기가 되었다. 일본과 맞서 싸워야 한다는 굳은 결의를 다지고 또 다졌다.

3. 비밀결사대 '구세단'을 조직하다

1913년 겨울은 지겨울 정도로 비가 많이 내렸다. 비가 그치면서 명절 즈음에는 강추위가 찾아왔다. 겨울비와 강추위가 계속되다 보니 보리농사가 잘되지 않았다. 엎친 데 덮친 격으로 봄 가뭄이 찾아와서 논밭은 흙먼지만 날리는 흉년이 되었다.

사람들은 들로 산으로 먹을 것을 찾아다녔지만 풀뿌리 하나 캐 먹기 힘들었다. 국민들이 굶주림에 지쳐있을 때 일본은 '동양척식주식회사'를 내세워 토지조사사업이라는 명목으로 토지를 측량했다. 그 과정에서 광대한 땅이 총독부 땅으로 편입되었고, 일부는 일본인들에게 나누어주었다. 또한 강제로 빼앗은 땅에 철길을 내기 위해 산줄기를 잘랐고, 바다를 메워 부두를 건설하였다. 이 당시 조선인 노동자들은 장시간 노동, 비인간적인 대우, 민족차별 등 어려운 환경 속에서 일본인 노동자에 비해 반에도 미치지 못하는 저임금과 부당한 차별을 받으면서 일했다.

학교에서 일본인 선생들은 조선인 학생들에게 일본을 잘 따르면 잘살게 된다고 회유하기 시작했다.

천택은 2학년 겨울방학 동안 집에서 조용히 지냈다. 고문당한 아들을 보며 힘들어하는 어머니에게 더는 걱정을 끼쳐드리기 싫었다. 겨울방학이 끝나갈 즈음 천택의 몸도 거의 회복되었다.

4월, 3학년 신학기가 되었다.

꽃샘추위가 가시지 않아 바람이 차가웠다. 하지만 천택은 춥다는 생각이 들지 않았다. 오랜만에 친구들을 만난다는 생각이 천택의 마음을 들뜨게 했다. 천택은 학교로 달려갔다.

학교 돌담을 가로지르는 골목에는 교복을 입은 학생들이 몸을 움츠린 채 교문을 향해 발걸음을 빠르게 움직이고 있었다.

"천택아!"

교문 안으로 들어서던 천택은 몸을 돌렸다. 재혁이었다.

"재혁이 아이가? 니, 잘 지냈나?"

재혁이가 뛰어오더니 천택이 어깨를 잡았다.

"몸은 괘안나? 걱정 마이 했다 아이가. 진짜 보고 잡았는데……."

"괘안타. 봐라."

천택이는 팔짝팔짝 뛰며 입을 헤벌쭉 벌렸다.

"니네 집 근처까지 갔다가 몇 번을 되돌아 나왔다 아이가. 니네 집 주변에 쪽바리 경찰들이 쫙 깔려 있어가… 쪽바리 경찰들의 감시가 와 그리 심한지… 정말 미안타."

"아이다. 니 맘 다 안다."

일본 경찰이 자신의 주위를 맴돌고 있다는 것을 알게 된 천택은 친구들에게 전갈을 보냈었다. 절대 집으로 오지 말라고. 자신을 만날 생각도 하지 말라고. 그런데 재혁이가 천택이를 만나려고 집 근처까지 왔었던 것이다.

재혁은 동국역사 책 등사 사건을 혼자 책임지고 고문을 받은 천택이를 생각할 때마다 자신의 가슴에 가시가 콕 박힌 것처럼 쓰리곤 했다. 새 학기가 되기 전까지 쓰린 마음을 움켜쥐고 있던 재혁은 천택을 보자 미안한 마음 때문에 불편했지만 반가운 마음이 더 컸다.

"고생했제? 니 뚝심은 알아줘야겠다. 근데 내 맘이 안 편하더라."

"머스마가. 머 그래쌌노? 이따 쉬는 시간에 병태랑 홍규 데꼬 변소 뒤에서 보자."

"와? 뭔 일 있나?"

"뭔 일은… 그냥."

"근데 와 변소 뒤고?"

"머스마들이 몰래 만날라믄 변소 뒤가 최고다 아이가."

"맞다마. 알겠다. 나중에 보제이."

쉬는 시간이 되자 천택은 변소 뒤로 갔다. 재혁이와 병태, 홍규가 먼저 와서 기다리고 있었다.

"천택아, 진짜 괘안나?"

병태가 천택이 몸을 이리저리 살피며 물었다.

"괜찮다마. 너거들 잘 지냈제?"

"우리야 뭐 걱정할 기 있나? 잘 지냈다. 근데 와 보자 캤노?"

홍규가 재혁이와 병태에게 눈길을 주며 물었다. 천택은 친구들을 자신 앞으로 바싹 끌어당겼다.

"내 이번에 집에 있음서 곰곰이 생각해 봤다. 여기는 우리나라 땅 아니가? 근데 쪽바리놈들이 저거 땅인 것처럼 한다 아이가?"

"맞다. 나쁜놈들!"

병태가 주먹을 불끈 쥐었다.

"쪽바리들이 와 우리나라에 와갔고 그래쌌노 말이다."

홍규도 목소리에 힘을 주었다.

"쪽바리놈들이 동양척식주식회산가 뭔가를 만들어갖고 농민들 토지를 다 빼앗고 있다아이가. 진짜 나쁜놈들이다!"

재혁이가 소리를 버럭 질렀다. 병태가 세 친구를 보며 물었다.

"우리가 가만 있어가 되겠나?"

병태의 물음에 천택이가 목소리를 낮추었다.

"그쟈. 내도 가만 있으믄 안 된다고 생각한다. 그라서……."

재혁이와 병태, 홍규가 눈을 반짝이며 천택이를 봤다.

"그라믄 우짤 낀데? 좋은 생각이라도 있나?"

재혁이가 천택이를 보며 물었다.

"너거, 내가 생각하는 거 같이 한다카믄 말하고. 안 그라믄 말 안 할 끼다."

재혁이가 천택이를 봤다.

"야, 니 그랄 기가? 우리는 이미 한배를 탔다 아이가. 난 무조건 니가 하자는 대로 할 끼다. 빨리 말해봐라."

"맞다. 우리는 이미 한배 탔다. 맞제?"

병태가 홍규를 봤다. 홍규가 고개를 끄덕였다. 그러자 천택이는 세 친구의 어깨를 잡았다.

"우리가 나라를 구하는 건 어떻겠노? 내가 생각한 긴데……."

천택이는 잠시 말을 멈추었다. 그리고는 친구들 얼굴을 찬찬히 살폈다. 잠시 뜸을 들인 천택이는 천천히 입을 열었다.

"우리가 세상을 구하기 위해 구세단을 만들어 가 활동을 하는 기라. 제일 먼저 우리 조선인들을 못살게 구는 쪽바리놈들에게 대항을 하믄 어떠껬노? 쪽바리선생들의 차별이 심하다 아이가? 우리가 의병은 아니지만, 작은 것에 대항하다보믄 쪼깨라도 도움이 안 되겠나?"

재혁이와 병태, 홍규 눈이 커졌다.

찬바람이 '휘잉' 지나가는 소리가 들렸다. 잠시 침묵이 흘렀다.

"그라자. 구세단을 만드는 기라. 난 할 끼다."

재혁이가 제일 먼저 목소리를 높였다. 그러자 병태와 홍규도 두 친구를 보며 말했다.

"내도 할 끼다."

"내도. 쪽바리놈들 이참에 확 조지 뿌자."

천택이는 세 친구 손을 잡았다.

"고맙데이. 역시 내 친구들인 기라. 있다가 학교 파하고 우리 집에 온나. 혹시 더 참여할 친구들이 있으믄 같이 데 고 온나. 쪽바리놈들 눈치 못 채게 해야된데이."

그때 수업 종이 울리는 소리가 났다. 네 친구는 비밀스 러운 눈빛을 주고받고는 각자 교실로 뛰어갔다.

학교 수업이 끝나자 학생들은 모두 집으로 돌아갔다.

큰길가에는 나물을 파는 할머니와 아주머니들이 자리 를 잡고 앉아있었다. 한산했던 길은 저녁 찬거리를 사러 나온 여인들로 북적거리기 시작했다.

재혁이와 인태는 책가방을 든 채 천택이네 집 대문 안 으로 들어섰다. 그 뒤를 병태가 치득이와 영상이를 데리고 왔고, 마지막으로 홍규가 택이와 지형이를 데리고 왔다.

천택이는 사랑방에 모여 앉은 친구들을 둘러봤다.

"치득아, 너거가 우리캉 함께 한다니께 참말로 든든하데이.”

치득이가 천택이를 봤다.

“당연한 거 아이가? 우리만 빼놓았으믄 섭섭했을 기다.”

“그래. 친구가 많으믄 좋다. 인쟈부터 우리는 구세단이데이. 청년구세단. 우리가 제일 먼저 할 일은 조선인을 차별하는 쪽바리놈들과 싸우는 기라. 우리가 대항해서 싸우다 보믄, 다른 지역에서도 우리처럼 일본에 대항하는 학생들이 생길지 모르는 기다.”

“맞다마. 그라믄 구체적으로 계획을 세우자.”

재혁이가 친구들을 둘러보며 말했다. 그러자 천택은 자신이 생각했던 것들을 풀어놓기 시작했다. 그리고는 각자 할 일을 맡았다.

구세단 단장은 천택이, 조직책임은 재혁이, 자금 담당은 택이와 인태, 홍보 책임은 홍규. 병태, 치득이와 영상이는 그 외 다른 일을 거들기로 했다.

우선 홍보를 맡은 홍규가 먼저 자신들이 하려고 하는 활동과 구세단을 홍보하는 단보를 만들어서 부산과 경남 일대에 있는 애국단체에 나누어 주었다.

구세단에 대한 소문은 청년들 사이에서 빠르게 퍼져나갔고, 구세단 단보를 받아본 청년들이 모여들었다. 천택이와 구세단원들은 자신들이 할 수 있는 일부터 해나가기로 했다.

조선 학생이 다니는 학교 시설과 일본 학생이 다니는 학교 시설은 차이가 많이 났다. 부산공립상업학교는 일본인 학생이 다니는 제1공립상업학교와 조선인 학생이 다니는 제2공립상업학교로 나뉘어 있었다. 학교 시설뿐만 아니라 조선인 학생에 대한 일본인 교사들의 차별이 심했다. 하지만 조선 학생들은 불만에 대해서 이야기를 못하고 있었다. 이런 사실을 잘 알고 있던 천택은 제일 먼저 일본인 교장을 찾아갔다.

천택은 교장을 보면서 따져 물었다.

"교장선생님, 우리는예 똑같은 학생입미더. 근데 우리 학교 시설은 와, 이렇게 허접합니꺼? 와, 일본학생과 조선학생을 차별하는 겁니꺼?"

"조선 학생이 감히 교장실에 들어와서 뭐하는 짓인가?"

"조선 학생은 학생이 아입니꺼? 우리 조선 학생들도 일본학생들과 동등하게 대해 주이소. 학교 시설도 똑같이 해달란 말입미더!"

"조선인 학생 주제에 지금 뭐하는 짓인가!"

교장은 일본인 체육선생님을 불렀다.

"기네다선생, 당장 저 학생을 내쫓으시오!"

"네!"

"조선 학생도 일본 학생들과 동등하게 대해달란 말입미더!"

천택은 체육선생의 손에 질질 끌려 교장실에서 나왔다. 하지만 쫓겨나오면서도 자신의 주장을 굽히지 않았다. 교장실에서 쫓겨난 후로도 천택은 틈만 나면 교장에게 찾아갔다. 교장은 끈질기게 찾아오는 천택이를 귀찮게 생각했다. 결국 부산경찰서에 요주의 인물로 신고했다. 일본인 고등계 형사가 다시 천택이를 감시하기 시작했다. 하지만 천택이와 구세단 학생들은 일본 고등계 형사를 두려워하지 않았다. 일본인 경찰들을 놀려주듯이 경찰의 눈을 피해가며 부당한 대우를 받는 조선인들을 도와주었다.

일요일이었다.
서쪽 하늘이 검붉은 빛으로 물들고 있었다. 천택은 재혁과 택이와 함께 증산에 올랐다. 시원한 저녁바람을 즐기려는 사람들이 곳곳에 모여 앉아 있었다. 세 친구도 붉게 변한 서쪽 하늘을 바라보며 커다란 바위 위에 앉았다. 천택은 검붉은 빛으로 가득 메워진 하늘을 가만히 바라보다가 입을 열었다.
"재혁아, 택아, 우리 의형제를 맺는 기 어떻겠노?"
"마, 내 맘도 니캉 똑같다. 니도 형제가 없고, 내도 형제가 없다 아이가. 택이도 독자고."
"형, 나도 낑가 주는 거제?"
"그라믄. 우리 오늘부터 의형제 해 뿌자. 어떤 일이 있어도 서로 믿고 돕는 기다. 알겠제?"

"알겠다."

"난 무조건 찬성입미더."

"재혁아, 택아, 내는 우리 조선이 쪽바리놈들에게서 독립할 때까지 싸울 기다."

"내도 그랄 끼다. 졸업 하믄 만주로 가고 싶다. 만주에는 독립운동을 하는 사람들이 많다 카더라."

재혁이가 천택이와 택이를 보며 자신의 생각을 말하자 천택은 하늘을 올려다보며 중얼거렸다.

"내도 만주로 가고 싶은데… 아버지캉 약속했다. 난 어머니가 있는 부산에서 싸울 기다."

"내도 만주에 가서 싸우고 싶습미더. 하지만 부모님이……."

택이가 힘없이 말꼬리를 내렸다. 천택이가 택이 어깨를 잡으며 말했다.

"부모님이 니를 엄청 아낀다 아이가. 이해한다."

"에이, 하필이믄 이때 오줌보가 꽉 찼네. 내 얼른 비우고 오께요."

택이가 말을 얼버무리며 숲속으로 뛰어갔다.

그때였다.

"와 이라는데요?"

"손 좀 잡아보자는데 왜 빼! 조센징 주제에 어디서 앙탈을 부리는 거야!"

"놓이소. 이거 놓이소."

천택이와 재혁이는 소리 나는 곳으로 고개를 돌렸다. 기모노를 입고 게다를 신은 일본 학생 두 명이 낄낄거리며 조선인 여학생을 희롱하고 있었다.

"자석들이 뭐 하는 짓이고?"

천택은 벌떡 일어나 일본 학생 앞으로 달려갔다.

"야, 니, 그 손 안 놓나?"

"넌, 뭐야?"

"나? 최천택이다. 와 남의 처자 손을 잡고 그라는데? 야가 놓으라 안 하나? 니, 귀먹었나?"

"이 녀석이 가던 길이나 가지 뭔 참견이야!"

일본 학생 주먹이 천택이 얼굴로 날아왔다. 천택은 순간적으로 피하면서 주먹을 뻗었다.

"으윽."

일본 학생이 손으로 코를 쥐었다. 코에서 피가 주르르 흘러내렸다.

"료타, 료타, 괜찮아?"

옆에 있던 친구가 재빨리 손수건을 꺼내더니 친구의 코에 갖다 댔다. 료타는 친구의 손에서 손수건을 빼앗았다. 그러고는 천택이를 째려봤다.

"너, 두고 보자. 최천택이라고 했지. 네 이름 꼭 기억할 거다."

료타와 그의 친구는 증산을 내려가기 시작했다. 료타의 친구가 걸음을 멈추고 뒤돌아섰다. 천택이를 째려보며 주먹을 올려 쥐었다.

"니, 죽었다! 료타 아버지가 누군지 아냐? 고등계 형사다. 고등계 형사!"

"꺼지라마! 고등계 형사믄 다가? 내는 겁 하나도 안 난다."

재혁이는 자신이 말릴 틈도 없이 일어난 일에 멍하니 서 있다가 천택이에게 다가갔다. 택이도 재혁이 뒤를 쫓아 천택이 앞으로 왔다.

"와요? 뭔 일 있습니꺼?"

"천택아, 우야노?"

"걱정 마라. 지가 뭐 우짜겠노."

"그래도. 쟈 아버지가 고등계 형사라 카는데… 괘안켔나?"

"마, 괘안타."

천택이, 재혁이와 택이는 어둠이 깔리자 증산에서 내려왔다.

그 일이 있고 난 후 사흘이 지났을 때였다.

"최천택! 최천택 학생!"

고등계 형사들이 천택의 집으로 들이닥쳤다. 고등계 형

사와 경찰은 천택의 방과 사랑채를 뒤지기 시작했다. 하지만 아무것도 찾지 못하고 돌아갔다.

천택은 자신이 가지고 있던 구세단 서류를 꽁꽁 숨겨 놓고 있었다. 하지만 친구 몇 명이 가지고 있던 구세단 서류가 경찰에 발각되고 말았다. 결국 천택을 비롯하여 재혁이와 병태, 홍규와 택이가 경찰서로 잡혀가게 됐다. 천택이와 친구들은 조사를 받았다. 하지만 다섯 명의 친구들은 끝까지 입을 다물었다. 구세단의 증거와 더 이상의 자료를 찾지 못한 일본 경찰은 더 이상 구세단원 친구들을 잡아들이지 못했고, 재혁이와 병태, 홍규, 택이를 풀어 줄 수밖에 없었다.

마지막까지 잡혀 있던 천택이도 풀려났다. 천택이 풀려나왔을 때 구세단의 조직망은 해체되어 있었다. 단원들도 뿔뿔이 흩어진 상태였다.

4. 독립선언문 등사 사건

천택은 1915년 2월 부산공립상업학교를 졸업했다.

천택은 홀로 계신 어머니를 생각해서 합천금융조합 서기로 취직했다. 하지만 일본사람 밑에서 일하고 있다는 생각은 천택을 힘들게 했으며 수치스럽게 만들었다.

1년이 지난 어느 날 천택은 어머니 앞에 꿇어앉았다.

"어무이, 쪽바리놈 밑에서 일하는 기 너무 힘듭미더."

"……."

어머니는 아무 말 없이 천택이를 가만히 바라봤다.

"어무이, 쪽바리놈에게 월급 받는 기 너무 수치스럽다고예."

천택이를 보고만 있던 어머니가 입을 열었다.

"그라믄 니는 우짜고 싶노?"

"때리치우고 싶어예."

"참말 그라고 싶나?"

"야."

어머니는 천택이를 뚫어지게 바라보더니 입을 열었다.

"그라마 그만두라."

"참말, 죄송합니더."

"천택아, 사내대장부는 자신이 하고 싶은 일을 해야 되는 기다. 지금 니가 해야 할 일이 어떤 일인지 잘 생각해 봐래이."

"알겠십미더."

천택은 1년 만에 서기 자리를 박차고 나왔다. 그리고는 집안일을 하면서 자신이 할 수 있는 일을 찾기 시작했다.

1919년 2월 중순이었다.

상해임시정부에서 활동 중이던 구세단원 인태에게서 전보가 날아왔다.

천택아, 22일 일본 모지에서 만나자. 김인태

천택은 전보를 받고 부산항에서 배를 타고 일본 모지 (후쿠오카현 기타큐슈시)로 갔다.

"천택아!"

인태였다. 인태가 배에서 내리는 천택이를 보고 손을 흔들었다. 천택이는 인태에게 뛰어갔다. 두 친구는 서로 부둥켜안았다.

"잘 지냈제?"

인태가 천택이를 보며 물었다.

"쪽바리놈들 앞에서 잘 지낼 수 있겠나? 니는 우째 지내고 있노?"

"니하고 다를 거 뭐 있겠나. 조국이 쪽바리놈들 손아귀에 있으이 죽은 거나 마찬가지제."

"나쁜놈들, 빨리 조선에서 몰아내야 된다!"

천택은 두 주먹을 불끈 쥐었다.

"여기는 보는 눈이 너무 많데이. 자리를 옮겨가 얘기하자."

인태는 천택이를 자신이 머물고 있던 여관방으로 데리고 갔다.

"니는 합천금융조합 일 그만뒀다메?"

"어무이 때문에 다녔다 아이가. 쪽바리놈 돈을 받는 기 수치스럽고 드러븐 생각이 들어가 그만뒀다."

인태가 고개를 끄덕였다.

"잘했다."

"내가 할 수 있는 일이 뭐가 있을까 하고 고민 마이 했다 아이가.

"뭐 할라꼬?"

"내도 상해로 건너갈까 생각 중이구마. 거기는 독립운동 하는 사람이 많다 아이가."

인태가 천택이 손을 잡고 두 눈을 반짝였다.

"니는 부산에서 할 일이 있을 기다. 부산에서도 쪽바리놈들과 싸울 사람이 있어야 한다 아이가."

"뭔 말이고?"

천택은 인태를 바라봤다. 인태가 방문을 열고 밖을 둘

러봤다. 인기척이 없다는 것을 확인하고 나서 문을 닫았다. 그리고는 천택이 앞으로 고개를 바싹 숙였다.

"며칠 뒤 3월 1일에 독립만세운동이 있을 기다."

"참말이가?"

"부산과 경남에 있는 구세단 단원들에게 알려가 다 같이 독립만세운동에 동참하믄 어떻겠노?"

"당연히 해야제. 걱정 마라. 내가 책임지고 하께."

"고맙다."

"니 말처럼 부산에서 독립운동을 돕는 것도 좋겠다. 내가 할 수 있을 만큼 도와주께."

"니는 잘 할 끼다."

인태가 천택이 손을 잡았다.

"내는 여기 일이 끝나믄 다시 상해로 갈기다. 니는 부산으로 돌아가가 독립만세운동을 할 수 있도록 준비해 주믄 좋겠다."

"알겠구마. 니도 몸조심해래이."

천택은 인태와 헤어지고 바로 부산으로 돌아왔다. 그는 부산에 흩어져 있는 구세단 단원들을 찾아다니며 3월 독립만세운동에 앞장설 것을 부탁했다. 그리고는 울산, 경주, 포항, 대구에 들려서 흩어져있는 구세단원들에게도 알렸다.

천택은 3월 1일 대구역에서 부산행 기차를 기다리고 있었다. 그때 서울에서 3·1독립만세운동이 일어났다는 소식을 들었다. 독립만세운동을 주도했던 33명의 애국지사들이 감옥에 갇혔다는 소식을 들은 천택은 부산으로 내려오자마자, 33인의 애국지사들을 돕기 위해 20여 명으로부터 금품을 모아 서울행 야간열차를 탔다. 서울역에 도착한 천택은 서대문형무소로 향했다. 감옥에 갇힌 애국지사들에게 사식과 의류를 넣어주었다.

사람들로부터 독립만세운동 경과 설명을 들은 다음 경성의전(현 서울의대)으로 갔다. 학교 앞은 한산했다. 등교하는 학생들이 뜨문뜨문 보일 뿐이었다.

천택은 교문 바로 옆 골목에서 등교하는 학생들을 살폈다.

'이 녀석이 안 오믄 우짜지…….'

그때 땅바닥에 눈을 두고 걸어오는 친구가 보였다.

"동산아, 내다."

천택은 친구인 동산이를 보며 손을 흔들었다.

"천택이 아니가? 니가 여까지 우짠 일이고?"

"우짠 일은… 친구가 보고 싶어서 왔구마. 니는 잘 지내고 있나?"

"그라믄 잘 지내고 있재. 아침은 무웃나?"

"뭇따. 근데 잠시……."

천택은 주변을 돌아보며 말꼬리를 내렸다.

"와? 무슨 일인데 그라노?"

동산이가 목소리를 낮추었다.

천택이는 눈여겨보는 사람이 없다는 것을 확인한 후 동산이를 보며 소곤거렸다.

"독립선언문, 얻을 수 있겠나?"

"독립선언문이라고?"

천택은 고개를 끄덕였다.

"이참에 독립선언문을 등사해가지고 부산에도 알려야제. 부산에서도 독립만세를 외쳐야 할 거 아이가. 그라믄 독립만세 소리가 불붙듯이 전국으로 퍼져나가는 데 도움이 안 되겠나?"

"좋은 생각이데이. 그런 일이라믄 내가 도와야제."

"니라믄 도와줄 거라 생각했다."

"언제까지 구해주믄 되노?"

"오늘 밤에 내려가는 열차는 타야 된다."

"알았다. 그라믄 내가 그때까지는 꼭 구하께. 밤에 기차역 시계탑 앞에서 보자."

"고맙다. 꼭 부탁한데이."

천택은 동산이와 헤어진 후 남산에 올랐다. 서울까지 왔는데 남산에는 올라봐야 할 거 같았다. 천택은 남산에서 서울 시내를 내려다봤다. 곳곳에 일장기가 걸려있는 것을 보자 화가 치밀어 올랐다.

'내 저 일장기들을 꼭 내리고 말 끼다.'

천택은 다시 한번 나라의 독립을 위해서 싸워야겠다는

결심을 하고 남산에서 내려왔다. 하릴없이 창내장(현 남대문시장)을 돌아다니다가 저녁이 되자 서울역 시계탑 앞으로 갔다. 하지만 마지막 기차 시간이 다 됐는데도 동산이는 나타나지 않았다.

'이 친구는 와 안 오노? 혹시 못 구한 거 아이가.'

천택은 초초한 마음으로 시계탑 주변을 서성거렸다. 그때 일본 경찰이 다가왔다.

"여기서 뭐 하는 거요?"

"친구 기다립니더."

"신분증을 꺼내 보시오."

천택은 지갑에서 신분증을 꺼냈다. 일본 경찰은 천택의 신분증을 살폈다. 그때 반대쪽에서 호각소리가 났다. 그러자 일본 경찰은 천택이 앞으로 신분증을 내던지더니 뛰어갔다.

"휴, 큰일 날 뻔 했데이."

천택은 안도의 숨을 내쉬었다.

"마이 기다렸제."

동산이 목소리였다.

"아이다. 구했나?"

동산이가 고개를 끄덕였다. 그리고는 천택이 팔을 잡아끌었다. 두 친구는 서울역 안 변소로 갔다. 그리고는 사람이 없는 것을 확인하고 입구 문을 잠갔다.

"와 이리 늦었노?"

"구하기가 쉬워야 말이제. 겨우 한 장 구했다 아이가."

동산이가 돌돌 만 종이를 꺼내더니 천택이 앞에 내밀었다.

"지금 쪽바리경찰들이 눈에 불을 켜고 있어가 조심해야
된데이."

"그래. 수고했데이."

동산이가 밖으로 나가자 천택은 변소 안으로 들어가서
문을 잠갔다. 그리고는 동산이에게서 받은 두루마리 종이
를 펼쳤다.

"吾等(오등)은 慈(자)에 調鮮(조선)의 獨立國(독립국)
임과 朝鮮人(조선인)의 自主民(자주민)임을 宣言(선언)하
노라. 此(차)로써 世界萬邦(세계만방)에 誥(고)하야 人類
平等(인류평등)의 大義(대의)를 克明(극명)하며, 此(차)로
써 子孫萬代(자손만대)에 誥(고)하야 民族自存(민족자존)
의 正權(정권)을 永有(영유)케 하노라… 半萬年(반만년)
歷史(역사)의……."

천택이가 작은 소리로 읽어 내려갈 때 변소 입구 문이
열리는 소리가 들렸다. 천택은 읽던 것을 멈추었다.

"조센징놈들 쥐새끼 같다니까."

"감쪽같이 숨어든단 말이야. 에이시, 또 서장에게 혼나
게 생겼어."

"그러지 말고 종로서로 가는 길에 아무나 잡아가지고

들어가는 건 어때?"

"좋은 생각이네. 그러자고. 조센징놈 하나 없어졌다고 누가 뭐라고 할 사람 없지."

"역시, 자넨 머리가 좋다니까. 자네가 주리를 틀면 자백 안 할 놈이 없잖아."

"지독한 조센징놈들! 자, 빨리 가자고."

'쾅' 문이 닫히는 소리가 들리더니 조용해졌다.

"나쁜놈들. 와, 죄 없는 조선 백성을 괴롭히노."

부산으로 내려가는 마지막 기차가 곧 출발한다는 소리가 들렸다. 천택은 두루마리를 아주 얇게 말았다. 그리고는 바지 허리춤 안에 넣고 밖으로 나왔다. 천택은 플렛폼 안으로 들어가서 기차에 올라탔다.

천택은 뿌옇게 밝아오는 새벽하늘을 바라보며 기차에서 내렸다. 새벽의 시원한 공기가 천택의 목덜미를 비집고 들어왔다. 천택은 두부장수의 방울소리를 들으며 집 안으로 들어섰다. 자신의 방으로 들어선 천택은 바지춤에 감추어 둔 독립선언서를 꺼내 비밀함 속에 넣고 이불 위로 털썩 쓰러졌다. 기차 안에서 긴장하고 있었던 탓인지 피곤이 몰려왔다.

"천택아! 천택아!"

천택은 자신을 부르는 소리에 잠에서 깼다. 백용수와 김수홍, 유유진이었다.

"너거들 왔나. 얼릉 들어온나."

천택은 마주 앉은 친구들 앞에 독립선언서를 꺼내놓았다.

"우리가 등사해서 나누어주는 일만 남았다."

"천택아, 수고했다. 자, 빨리 등사하자."

천택이와 세 친구는 독립만세운동에 쓸 벽보와 독립선언서를 등사하기 시작했다. 새벽녘이 되어서 등사가 끝났다. 친구들은 독립선언서를 나누어 가졌다. 천택은 세 친구를 보며 작은 소리로 말했다.

"감시가 심하니께 조심해야 된대이. 모레 밤 9시다. 9시에 모두 횃불을 들고 거리로 나와 만세를 불러야 된대이. 조심해래이."

"알겠다."

세 친구는 자신들이 맡은 애국단체에 독립선언서를 나누어 주었다.

3월 11일 밤 9시.

일신여학교 안명진, 김순이 등 11명의 학생과 주경애, 박시연 선생님이 좌천동 거리를 누비며 '대한독립만세'를 외쳤다. 인근 주민 수백 명이 참여하면서 좌천동 거리는 감격과 흥분의 물결로 넘쳐났다. 2시간 후, 일본 경찰은 시위대를 진압하고 학생들과 선생님들을 잡아갔다.

학생들이 주동이 된 독립만세운동으로 인해 일본 경찰의 감시가 심해졌다. 4월 3일에는 부산진보통학교(현 부산진초등학교)홍재문 선생님이 4학년 학생들을 데리고 좌천동 큰길로 나와 '대한독립만세'를 외쳤다. 이에 주민들이 다시 독립만세 운동에 참여하면서 일본 경찰의 혼을 쏙 빼놓았다. 6일 뒤에는 동명학교, 부산공립상업학교, 일신여학교 학생들과 주민들이 다시 좌천동 거리로 나와 독립만세를 외쳤다. 좌천동거리는 순식간에 대한독립만세 소리로 뒤덮였다. 만세 소리에 놀란 부산경찰서에서는 트럭을 동원하여 만세운동에 참여한 사람들을 닥치는 대로 잡아갔다.

천택을 비롯한 주동자들은 부산고등계 형사에게 잡혀가서 모진 고문을 당하고 옥살이를 했다. 천택이가 옥살이를 하고 있을 때도 일본 경찰은 사람들을 무작위로 잡아들였다. 매질하는 소리와 고문하는 소리가 부산형무소 담벼락을 통해 울려 퍼져나갔다. 무더운 여름이 다가올수록 감옥에 수용된 사람들은 견디기가 힘들었다.

그 당시 부산형무소에 갇혀있던 이학이는 통영의 구세단원이었다.

그는 통영의 면서기로 있으면서 산양면 면사무소 등사기를 몰래 가지고 나와 강세제, 허장완과 함께 비밀장소에서 독립선언문과 격문을 등사했다. 하지만 일본 경찰에 발각되어 붙잡히고 말았다.

이학이는 통영에서 부산형무소로 이관되어 모진 고문

을 당하면서 옥살이를 했다. 7월 무더운 여름은 이학이에게 고통이었다. 고문으로 난 상처에서는 피고름이 흘러내렸으며, 살이 썩어 문드러지기 시작했다. 결국 이학이는 여름을 넘기지 못한 채 죽고 말았다.

형무소를 나와 집에서 쉬고 있던 천택에게 이학이의 죽음이 전해졌다. 천택은 구세단원들과 부산형무소로 가서 이학이의 시신을 인수 하였다. 그는 부산형무소 앞에 천막을 치고 이학이가 일본 경찰에게 맞아 죽었다는 것을 알리기 시작했다. 사람들이 모여들자 천택은 사람들을 향해 연설을 했다.

"여러분, 이학이의 죽음을 헛되게 해서는 안 됩미더. 젊은 나이에 우리나라 독립을 위해 목숨을 바쳤다 아입니꺼. 이학이는 우리 모두를 위해 죽은 겁니더!"

연설을 하는 천택의 눈에 눈물이 고이기 시작했다. 천택의 눈에서 흘러내리는 눈물을 본 사람들의 눈에도 눈물이 고였다. 천택의 연설이 끝나자 모금이 시작됐다. 조의금이 모아지는 모습을 본 천택은 새로운 생각을 하게 됐다.

'학이의 시신을 통영까지 운구하믄 사람들 마음속에 독립에 대한 정신을 일깨우게 될지도 모린다. 그렇게 되믄 학이의 죽음이 헛되지 않을 끼다.'

천택은 사람들을 향해 외쳤다.

"이학이 시신을 통영까지 육로로 운구하입시더! 우리

모두 이학이를 그의 고향으로 보내 주입시더!"

천택의 말에 사람들은 옆에 있는 사람을 바라볼 뿐이었
다. 그 누구도 생각하지 못했던 일이기 때문이다.

"여러분 우리가 모두 힘을 모으믄 안 될 기 없습미더!
통영까지 가는 곳곳마다 마을 청년들이 옮기믄 됩미더!
이학이 시신을 우리 힘으로 고향으로 돌려보내 주는 기
어떻겠습니꺼!"

천택의 강력한 주장으로 이학이 유해를 육로로 통영까
지 운구하기로 했다. 이 사실을 안 부산경찰서장이 천택
을 찾아와서 협박을 했다.

"이것 보시오, 그만두지 못하겠소?"

"그만두지 못하겠심더! 젊은 청년의 목숨을 빼앗아가
서는 장례마저 간섭하려는 것입니꺼? 내를 막을 생각하지
마소!"

천택은 결코 물러설 수 없었다.

일본 경찰이 이학이 운구를 막으려고 한다는 사실을 알
게 된 시민들이 모여들었다. 시간이 지날수록 점점 많은
사람들이 모여들자 경찰서장과 일본 경찰은 한발 물러섰
다. 일본 경찰은 성난 군중을 잘못 건드렸다가는 더 큰 화
를 불러온다는 것을 잘 알고 있었다.

이학이의 유해를 부산에서 김해, 마산, 진동, 배돈을 거
쳐서 통영까지 운구하는 계획이 세워졌다.

부산에서 출발할 때 천택이 앞장섰다.

"간데이 간데이 나는 간데이 이제 고향으로 간데이.
이제 가믄 언제 올거나.
쪽바리놈 매를 맞고 넋이 된 몸
이제 가믄 언제 올거나.
간데이 간데이 나는 간데이 이제 고향으로 간데이.
이제 가믄 언제 올거나.
쪽바리놈들 물러가믄 올거나.
넋이 된 몸 어찌 올거나.
간데이 간데이 나는 간데이 이제 고향으로 간데이.
이제 가믄 언제 올거나.
독립 되믄 올거나.
넋이 된 몸 어케 올거나.
간데이 간데이 나는 간데이 이제 고향으로 간데이.
이제 가믄 언제 올거나.
우리나라 되찾으믄 그때 뼈에 맺힌 한을 풀거나.
간데이. 간데이. 나는 간데이. 이제 고향으로 간데이."

천택의 노래는 사람들의 눈시울을 뜨겁게 달구었다. 이
학이의 운구 행렬을 보는 사람들 가슴에는 조선의 독립에
대한 정신이 더욱더 굳건해졌다.

5. 상해에서 돌아온 재혁

"천택이!"

낮으면서도 힘 있는 목소리가 천택이를 불렀다.

'이 시간에 누가 내 이름을 부르노?'

"천택아!"

"이기 혹시?"

천택은 귀에 익은 목소리라는 생각에 문을 열었다.

"아, 아니 이기 누고? 재혁이 아니가?"

3년 전에 싱가포르로 떠났던 재혁이었다. 재혁이는 고무나무 재배법을 배우기 위해 싱가포르로 갔다. 하지만 그 후 소식이 끊겼다.

"니, 살아있었나? 소식이 없어가 을메나 걱정한 줄 아나? 빨리 들어온나."

"그동안 많은 일이 있어가 연락을 몬 했다. 미안타."

재혁이가 방으로 들어섰다.

"니도 우리 조선에서는 고무나무를 재배할 수 있을 거라 생각했다 아이가. 근데 고무나무는 열대식물이라 우리 조선에서 재배할 수 없다 카더라. 을메나 실망이 컸는지 니는 모를 끼다."

"그랬나? 그라믄 어찌 된 기고? 지금까지 어데 있었던 기고?"

"그때는 얼마나 허망했는지… 니하고 내가 독립자금을 마련하겠다는 생각이 물거품이 됐다 아이가. 니한티 미안해가 그냥 몬 돌아오겠더라."

천택은 재혁이 손을 잡았다.

"니 맘고생 심했네."

"그랬고마. 그래서 생각했다. 상해로 가기로 말이다."

"니 상해로 간기가?"

재혁이가 고개를 끄덕였다.

"어찌어찌 상해로 가가 의열단에 가입했는 기라."

"니 꿈 이루었네. 잘했다."

"니가 도와줄 게 있다."

"니 일인데 당연히 도와야제. 뭔 일이고?"

천택이는 재혁이를 보며 물었다. 재혁이가 손가락을 자신의 입에 갖다 대더니 문을 열고 밖을 살폈다. 아무도 없다는 것을 확인한 후 문을 닫았다. 그리고는 천택이 앞으로 다가갔다.

"부산경찰서를 폭파 할 끼다."

천택의 두 눈이 커졌다.

"부산 경찰이 우리 애국지사들을 닥치는 대로 잡아들여 고문한다 아이가. 의열단에서는 그냥 보고만 있을 수 없다고 판단했다."

천택을 바라보는 재혁의 눈에서는 불을 뿜어내듯 강한 빛이 일었다. 천택은 재혁이 손을 잡았다.

"그 일이라믄 내 발 벗고 나서께."

"고맙데이."

다음 날 두 친구는 부산경찰서가 내려다보이는 용두산에 올랐다. 용두산 정상에는 일본 신사가 있었다. 이 산이 마치 그들 신사를 위해 존재하는 것 같아 괜히 울분이 솟았다.

용두산에서 내려다보이는 확 트인 바다를 보고 있으니 답답했던 가슴이 뻥 뚫렸다. 부두를 오가는 배에서 들리는 뱃고동 소리가 정겹게 들려왔고, 사람들도 개미 떼처럼 보였다. 부두에 정박해 있는 배들은 모두 일장기를 달고 있었다.

천택은 생각했다.

'저 배들이 일장기가 아니라 태극기를 달 날이 꼭 올 끼다. 내가 꼭 만들 끼다.'

"천택아, 저기, 저 배들이 모두 일장기를 단 것을 보이 열불이 터진다."

재혁의 목소리에 천택은 생각에서 깨어났다.

"내도 지금 그 생각하고 있었다 아이가. 조선 땅에 와 일장기를 다노. 망할 놈의 세상이다."

"쪽바리놈들 깃발을 보니까 피가 거꾸로 끓는다. 못 참겠다."

"우리가 저 깃발을 내리뿔자."

"그래. 우리가 일장기를 내리뿌자."

천택과 재혁이 사이에 짧은 침묵이 흘렀다.

두 친구는 용두산을 내려와 저만치 부산경찰서가 보이는 곳에 섰다. 천택이와 재혁이는 부산경찰서 건물로 눈을 돌렸다.

"천택아, 니는 서장실이 어느 쪽에 있는 줄 아나?"

재혁이 물음에 천택은 건물 한쪽을 가리켰다.

"저게, 저 정문 보이제? 정문에서 곧장 쭈욱 들어가믄 그 안쪽에 서장실이 있다."

"음…….."

두 친구는 아무 말 없이 부산경찰서 건물을 내려다봤다.

서쪽 하늘이 붉게 타오르기 시작했다. 재혁이가 검붉은 하늘로 눈을 돌리더니 천택이를 불렀다.

"천택아."

"와?"

"니하고 얘기하는 거 이기 마지막일지도 모른데이."

"그기 뭔 말이고?"

"그냥 그럴지도 모른다."

"그런 말 하지 마라. 우리가 앞으로 해야 할 일이 을메나 많은데."

"그거야 그렇치만서도… 우리 기념으로 사진이나 한 장 찍자."

"그래, 찍자. 학교 다닐 때 찍고는 안 찍었제. 저기 밑에 사진관 있다. 저게 가서 찍으마 되겠고마."

석양이 지고 어둠이 깔릴 즈음 용두산에서 내려온 천택과 재혁은 사진관 안으로 들어섰다.

"사진 찍으러 왔습미더."

천택은 사진관 안으로 들어가며 소리쳤다. 그러자 안에서 남자가 나왔다.

"오늘은 공치는 줄 알았고마는… 자, 저게 의자에 앉으소."

사진을 찍는 천택은 왠지 마음이 울컥했다. 좀 전에 재혁이 했던 말이 떠올랐기 때문이다. 천택은 슬쩍 재혁이를 봤다. 사진기를 향한 재혁의 눈빛은 예전과 달라 보였다.

9월 14일 아침부터 가랑비가 보슬보슬 내리고 있었다.

천택과 재혁은 뜬눈으로 밤을 지새운 뒤 깨끗하게 목욕을 하고 나서 임진왜란 때 전사한 정발 장군의 혼을 모셔 놓은 사당인 정공단으로 향했다. 가랑비는 골목을 촉촉이 적셨다. 사당 안으로 들어선 천택과 재혁은 무릎을 꿇고 앉았다.

"장군님, 천택이와 지는 우리나라의 독립을 위해 목숨을 바치기로 결심 했심더. 오늘이 바로 그 날인 기라예. 오늘 거사가 성공할 수 있게 도와주이소."

재혁의 목소리는 낮으면서도 힘이 들어가 있었다. 정발 장군의 부릅뜬 눈이 두 친구를 내려다보고 있었다. 정공단 마당에 난 풀들은 빗방울을 머금은 채 앉아있었다.

집으로 돌아온 재혁과 천택은 오택의 집에서 가져온 폭탄을 책 보따리 안에 넣었다. 그리고는 그 위를 중국 고서적으로 덮었다. 재혁은 중국 고서적 장수로 변장을 했다. 중국 옷을 입고 기름이 빤질빤질한 빵모자를 쓰니 영락없는 중국 상인처럼 보였다.

점심시간이면 서장실은 외부사람들이 많을 뿐만 아니라 경비도 허술하다는 것을 미리 알아둔 두 친구는 경찰서 도착시간을 점심시간에 맞추어 집에서 나왔다.

"니, 영락없는 중국 고서적 상인 같다."

"맞나? 다행이다."

두 친구는 영가대역에서 전차를 탔다.

"재혁아, 조심하래이."

"걱정 마라. 내가 먼저 앞서서 걸어갈 테니까 니는 멀리서 내를 쫓는 사람이 없는지 살피래이."

"알았다. 일 끝나믄 바로 나와야 된데이. 알았제?"

"알겠다."

전차에서 내린 재혁은 부산경찰서를 향해 걸어갔다. 천택이는 거리를 두고 재혁이 뒤를 쫓았다. 다행히 중국 상인으로 변장한 재혁에게 관심을 두는 사람은 없었다.

부산경찰서 정문으로 걸어가는 재혁의 발걸음은 거침이 없었다. 천택은 재혁이가 경찰서 안으로 들어가는 모습을 보고 뒤돌아섰다. 그리고는 부산경찰서 주변을 맴돌며 동태를 살폈다.

'재혁아, 꼭 성공해래이.'

부산경찰서를 바라보는 천택은 불안한 마음을 애써 감추었다. 그때였다.

"쾅!"

폭탄이 터지면서 폭음소리가 진동했고, 검은 연기가 치솟아올랐다. 서장실은 검은 연기에 휩싸였다.

'성공했네.'

천택은 마치 지나던 행인이 이를 바라보는 양 놀라는 몸짓과 표정을 지으면서도 부산경찰서 정문에서 눈을 떼지 않았다.

'재혁아, 빨리 나온나.'

천택이 눈에 재혁이는 보이지 않고 일본 경찰들만 바쁘게 움직이는 모습이 들어왔다.

'와 안 나오노? 뭔 문제 생긴 거 아니가?'

잠시 후에 헌병대 차가 경찰서 앞에 멈춰 섰고, 총을 든 헌병들이 뛰어내렸다. 경찰서 주변을 헌병들이 둘러쌌다. 천택은 초조한 마음으로 정문을 바라보다가 뒤돌아섰다.

'안 되겠다. 우선 피해야겠다.'

천택은 주변을 살피며 걸음을 옮겼다.

집에 도착한 천택은 불안한 마음을 가라앉혔다. 재혁이가 무사하기를 바라면서 사태를 수습하기 위한 방법을 찾고 있었다. 그때 일본 형사들이 들이닥쳤다.

"최천택!"

형사들은 천택을 잡아끌었다.

부산경찰서 폭탄투척 사건은 큰 파문을 일으켰다. 부산과 경남 일대에 특별경계령이 내려졌고, 200여 명의 청년들이 체포되었다. 경찰서로 잡혀간 천택은 유치장에 구금되었다. 그리고 4일 후 취조실에 불려가 심문을 당하기 시작했다.

"또 너야! 이젠 겁대가리를 완전히 상실했군."

"……."

"이번에는 그냥 넘어가지 않을 것이다!"

"……."

"감히 부산경찰서를 폭파하려고 해! 누가 시킨 것이냐! 바른대로 대라! 바른대로 대지 않으면 죽을 줄 알아라!"

"모릅미더."

"폭탄은 어디에서 구했나?"

"저는 모르는 일입미더."

"이 녀석이 모른다고 하면 그냥 넘어갈 거 같아! 박재혁과 공모했지?"

"공모한 적 없습미더."

"지독하단 소리는 이미 들어서 알고 있지만 진짜 지독한 놈이군. 이 녀석을 죽지 않을 만큼 쳐라!"

천택은 두렵지 않았다. 이미 고문을 받을 각오가 되어 있었다.

"천택아, 만약 경찰에 잡히게 되믄 나흘 동안만 참아야 된데이. 아무 말 없이 묵비권을 행사하믄 된다. 4일만 참아주믄 내가 만주 땅에 닿을 수 있을 끼다."

천택은 재혁이와의 약속을 지키는 것이 자신이 할 일이라는 생각을 했다. 재혁이 무사히 만주 땅을 밟았을 거라는 생각을 하며 고문을 참아냈다.

천택이 입을 열지 않자 일본 경찰은 조선인 형사를 앞세워 천택을 회유하기 시작했다.

"최천택, 이렇게 고문을 받다가는 언제 죽을지 모른다. 자백을 하면 더 이상 고문은 없을 것이다. 난, 같은 조선 사람에게 더 이상 고문을 하기 싫다."

조선인 형사는 동족이라는 이름을 내세워 천택을 설득하려고 했다. 하지만 천택은 그 어떤 설득에도 눈 깜짝하지 않았다.

"이놈이 증거를 대야 입을 열 거야! 용두산에는 왜 갔나?"

천택은 깜짝 놀랐다.

'이놈들이 우리가 용두산에 오른 것을 어떻게 알고 있는 거고?'

"이미 너희들이 한 일을 다 알고 있다! 그러니까 빨리 자백하는 게 좋을 거다."

'재혁이가 잡혔다고 해도 자백했을 리 없을 거고마. 재혁이는 아이다.'

"그곳에 간 적 없다 안 합니꺼."

천택은 딱 잡아뗐다.

"박재혁이 이미 자백을 했단 말이다! 혼자서 바보짓 하지마라."

'아이다. 절대 그럴 리가 없다. 재혁이가 자백했다고… 아이다. 재혁이가 잡혔다고 해도 나를 끌어들일 친구가 아이다. 분명 혼자 했다고 버티고 있을 끼다.'

"난 거기 간 적 없습미더."

"끈질긴 놈이군!"

형사들이 달려들어 천택의 팔과 다리를 묶고 커다란 몽둥이로 온몸을 내리쳤다.

"으윽."

천택은 입에서 삐져나오는 신음을 내지 않기 위해 이빨

을 앙다물었다. 지칠 때까지 몽둥이를 내리친 형사가 숨이 찬 듯 옆에 있던 형사에게 몽둥이를 내밀었다.

"이놈은 끈질긴 악질이야, 악질!"

일본인 형사가 몽둥이를 내리치기 시작했다. 천택이의 어깻죽지와 등, 팔, 다리, 온몸으로 몽둥이가 쏟아져 내렸다. 어깻죽지에서 피가 흘러내리고 온몸이 피투성이가 되었지만 천택은 입 하나 뻥긋하지 않았다. 천택은 매질하는 형사를 뚫어지게 올려다봤다. 천택의 하얀 눈동자에는 빨간 핏줄이 섰다. 형사가 숨을 헐떡거리며 몽둥이를 내려놨다.

"이놈은 악질 중에 최고 악질이야!"

그러자 조선인 형사가 몽둥이를 받아들었다.

"조선놈은 독종이야. 독종! 죽도록 패야 입을 열 거야."

조선인 형사가 손바닥에 침을 발라가며 몽둥이를 내리쳤다. 천택은 조선인 형사를 올려다보며 침을 내뱉었다.

"퉤! 이놈아! 니놈 몸에도 조선인 피가 흐르고 있구마!"

천택은 눈을 부릅떴다.

'이 몸을 희생해서 친구를 구할 수 있다믄 죽어도 여한이 없는 기라.'

조선인 형사 얼굴이 빨갛게 변했다.

"이놈이 진짜 죽으려고 환장했구나!"

형사는 눈이 뒤집힌 채 천택을 내리치기 시작했다. 소

나기처럼 두들겨 맞은 천택은 실신하고 말았다. 며칠이 지난 후 천택은 차가운 시멘트 바닥에서 눈을 떴다.

'아, 아직도 살아 있구마. 재혁이는 우째 된 기고? 폭탄이 터질 때 같이 죽은 건 아니겠제?'

자신이 아직 살아있다는 말은 재혁이가 잡히지 않았거나 잡혔어도 입을 열지 않았다는 것이다. 시간이 지날수록 재혁이가 죽었을지도 모른다는 생각이 들었다. 천택은 멍하니 천장을 바라보았다.

그때 철장 문 두드리는 소리가 들렸다. 하지만 천택은 고개를 돌리지 않았다. 죽은 목숨인데 음식을 먹어서 무엇하랴 하는 생각 때문이었다. 그때 다시 철창 문을 '툭툭' 두드리는 소리가 났다. 천택은 고개를 돌렸다. 관식을 나르는 사원이 자신을 뚫어지게 보고 있었다. 천택과 눈이 마주쳤다. 사원은 눈길을 바닥으로 돌리며 뭔가를 떨어뜨렸다. 천택은 몸을 민첩하게 움직여 무엇인지 모를 그것을 얼른 발로 밟았다. 천택이 잠시 고개를 돌린 사이 사원은 사라지고 없었다. 천택은 밖의 동정을 살핀 뒤 발밑을 살폈다. 붓 대롱이었다. 붓 대롱에는 구멍이 있었으며, 구멍 안에 쪽지가 들어있었다.

천택아, 모든 것은 내가 책임지겠다. 너는 끝까지 모른다고만 해라 - 박재혁

분명 재혁이 필체였다.

'재혁아, 살아있는 기가?'

천택은 기뻤다. 생사를 모르고 있던 재혁이에게서 소식이 온 것이다. 하늘이 도와주고 있다는 생각이 들었다.

부산경찰서 유치장에 온 지 3주일 만에 천택은 불려나갔다. 자신을 취조했던 조선인 형사가 천택이를 기다리고 있었다.

"네놈은 어찌 된 놈이 그리도 질긴 것이냐? 입을 열면 너도 편하고 나도 편할 거 아니냐!"

"……."

"네놈은 왜 이렇게 나를 힘들게 하는 거냐!"

천택은 고개를 들어 형사를 빤히 봤다. 그리고는 꾹 다물었던 입을 열었다.

"이놈아! 펄펄 끓는 물에 넣어봐래이. 입을 열 거 갔나? 쓸개도 없는 매국놈아!"

천택은 소리를 지르고 나서 입을 꽉 다물었다. 천택을 가만히 내려다보던 형사는 분하다는 듯 책상을 내리쳤다.

쾅!

"도와주려고 했더니 할 수 없군. 네 같은 악질은 검사국(검찰청)으로 넘겨야 해!"

천택이에게서 자백을 받아내지 못한 형사는 화가 나는지 문을 쾅 닫고 나가버렸다. 천택은 부산경찰서에서 부산지방법원 검사국(검찰청)으로 이감되었다. 검사국에서는 천택을 미결감으로 가두어두었다. 미결수로 남아있던 천택은 1920년 추석을 열흘 앞둔 10월 16일에 석방되었다. 일본 경찰국에서 부산경찰서 폭파사건을 조사했지만 박재혁이 자신이 혼자 한 일이라고 잡아뗐기 때문에 천택은 증거불충분으로 풀려나게 되었다. 부산경찰서에 잡혀간 지 약 한 달 만이었다.

6. 의형제의 죽음

1921년 5월 초, 천택은 대구행 기차에 올랐다.

기차는 선로를 따라 천천히 움직였다. 천택은 차창 밖으로 눈길을 두었다. 산등성이는 연두색과 녹색으로 덮였으며, 나뭇잎 사이로 하얀 아카시아 꽃들이 무늬를 만들고 있었다. 밭에는 누렇게 익은 보리들이 바람에 물결을 이루었다. 산과 들의 평화로운 모습을 바라보는 천택의 눈이 붉게 물들었다.

'재혁아!'

천택은 눈에서 삐져나오는 눈물을 손등으로 훔쳐냈다. 나라를 위해 싸우다가 죽기로 맹세했던 재혁이를 생각하면 삐져나오는 눈물을 참을 수가 없었다.

초봄이었다.

마지막 꽃샘추위가 서서히 물러날 때인 1921년 3월 31일, 재혁은 사형 확정판결을 받았다.

천택은 부산부립병원(현 부산대학병원)에서 재혁을 치료해주었던 간호사 이야기를 떠올렸다.

부산경찰서로 들어간 재혁은 책 보따리를 메고 서장실로 성큼성큼 걸음을 옮겼다. 서장실 앞에 서서 심호흡을 크게 하고는 등지고 앉아있는 서장을 향해 속삭이듯 말했다.

"하시모또 서장님, 중국고서를 가지고 왔습니다만 귀한 고서인지라… 한번 보시지 않겠습니까?"

서장은 중국고서 라는 말에 몸을 돌렸다.

"중국고서라고?"

서장은 두 눈을 반짝이며 재혁이가 내려놓은 책 보따리로 눈길을 돌렸다. 재혁은 서장이 관심을 가질 만한 고서를 한 권씩 꺼내 책상 위에 놓았다. 서장의 눈이 휘둥그레졌다. 지금까지 본 적 없는 고서가 책상 위에 펼쳐졌다. 서장이 책상 위로 허리를 굽혀 책을 집었다.

"하, 이런 귀한 거를 어떻게 구했소?"

서장이 눈길을 책에 두고 있을 때 재혁은 책 보따리 안으로 손을 넣었다. 그리고는 폭탄을 높이 치켜들고 일본말로 외쳤다.

"나는 상해에서 온 의열단원이다! 네가 우리 동지들을 붙잡아 모진 형벌을 가했으니 용서할 수 없다. 의열단원의 이름으로 네 놈을 단죄하겠다!"

서장이 고개를 쳐들었다. 그와 동시에 재혁은 폭탄을 힘껏 내던졌다. 순간 '꽝' 하는 폭음과 함께 폭탄이 터졌다. 하시모토 서장은 중상을 입고 피투성이가 되어 쓰러졌다. 하지만 재혁이도 폭탄 파편이 오른쪽 무릎에 맞으면서 그 자리에 쓰러지고 말았다.

재혁은 부산부립병원(현 부산대학병원)으로 실려 갔
고 그곳에서 의식을 차렸다. 재혁이 치료를 받는 동안 경
찰의 감시는 심했다. 재혁은 병원에 있으면서도 천택에게
쪽지를 전하기 위해 여러 가지 방법을 찾고 있었다. 그러
다가 자신을 치료해주던 간호사가 자신에게 호감을 갖고
있다는 것을 알게 되었다. 재혁은 그 간호사와 의논을 하
게 됐다. 마침 간호사의 남동생 친구가 부산경찰서 유치
장에서 관식을 나르는 사원으로 있다는 것을 알고 천택에
게 자신의 쪽지를 전하게 된 것이다. 재혁은 어느 정도 몸
이 회복되자 바로 감옥으로 옮겨졌다. 그곳에서 심문을
받기 시작했다.

강압적 심문과 더불어 온갖 고문이 재혁의 몸에 가해졌
지만 재혁은 입을 열지 않았다. 누누이 단독 범행임을 주
장했다. 재혁에게서 아무 증거를 찾지 못한 일본 경찰은
천택을 풀어줄 수밖에 없었다.

재혁은 여러 차례 재판을 받았다. 1심에서 무기징역을
받았지만 검사가 항고를 해서 대구복심원(현 고등법원)에
서 사형선고를 받았던 것이다.

"재혁아……."

천택이는 재혁이 이름을 불렀다.

천택은 재혁이 사형집행 전에 꼭 면회를 가야겠다는 생
각을 하다가 대구행 기차에 오른 것이다.

"재혁아, 미안하데이."

천택은 달걀꾸러미를 쥔 손에 힘을 주었다.

'이기 뭔 소용이 있겠노?'

천택은 마음이 먹먹했다. 그는 가만히 눈을 감았다. 아무 생각도 하고 싶지 않았다.

기차에서 내린 천택은 대구형무소까지 천천히 걸음을 옮겼다. 재혁이를 빨리 만나고 싶은 마음이 강했지만 한쪽에서 올라오는 두려운 마음이 발걸음을 더디게 만들었다. 천택은 해가 한쪽으로 기울 때 재혁이와 마주앉았다.

재혁의 몰골은 피골이 상접하여 해골과 다를 바 없었다. 근육으로 단단했던 몸은 어디로 사라졌는지 뼈마디가 앙상했다.

"재혁아……."

천택은 말을 잇지 못했다. 눈물이 복받쳐 올랐다. 재혁이 눈에도 눈물방울이 송골송골 맺혔다. 천택은 눈물을 애써 참으며 재혁을 봤다.

"고생 많았제."

"괘안타."

잠시 침묵이 흘렀다.

"몸은 와 그렇게 애빗노? 이거 좀 무라."

천택은 달걀꾸러미를 재혁이 앞에 내놓았다. 하지만 재혁은 가만히 바라보다가 천택이 앞으로 달걀꾸러미를 밀었다.

"난 됐구마. 니 무라."

"와 그라는데?"

"천택아, 난 쪽바리놈들 손에 죽기 싫타. 쪽바리놈들 손에 죽으믄 억울해가 눈을 못 감을 거 같다."

"재혁아."

천택은 재혁의 손을 잡았다. 재혁의 앙상한 뼈마디가 천택의 손에 잡혔다. 천택은 참았던 울음을 토해냈다.

"흐흐흑흑, 나쁜놈들."

재혁이가 천택이를 응시하며 천천히 입술을 떼었다.

"내, 굶은 지 일주일 됐구마."

천택은 놀란 얼굴로 재혁이를 뚫어지게 바라봤다.

"아, 아니, 그게 뭔 말이고? 와 굶는단 말이고?"

"쪽바리놈들 손에 죽기 싫어가 그냥 굶기로 했다."

"재혁아."

천택은 재혁을 바로 바라볼 수가 없었다. 재혁은 감옥에서도 일본놈들의 부당함에 대항하고 있었던 것이다.

재혁이 천택이를 지긋이 바라보며 말문을 열었다.

"인자 내는 마음이 편하다. 내가 하고자 하는 일을 했다 아이가. 내가 할 일은 여기까지인 거 같다."

"내도 니하고 여게 있어야 하는데……."

"그런 말 말그라. 니는 할 일이 많이 남아 있다. 니는 우리나라가 독립을 이룰 때까정 싸워야 된데이. 내 몫까지 싸워도."

슬픔에 젖은 재혁의 눈동자가 빛을 냈다.

"알았고마. 니 몫까지 싸우께. 독립을 위해 싸우는 길만이 재혁이 니를 위하는 길이라 생각하께."

그때 면회시간이 끝났다는 신호가 울렸다.

"재혁아."

"……."

재혁은 말없이 천택을 보며 살짝 웃었다. 재혁이 얼굴은 편안해 보였다. 천택이도 살짝 입꼬리를 올렸다. 슬픔이 가득 찬 억지웃음이었다.

부산으로 내려오는 기차에 몸을 실은 천택은 눈물을 흘리지 않으려고 입술을 꽉 다물었다. 그리고는 눈을 꼭 감고 재혁이 얼굴을 떠올렸다.

'재혁아.'

며칠 후 재혁이 어머니가 전보를 가지고 천택이를 찾아왔다.

"천택아, 우리 재혁이 전보 왔다."

천택은 재혁이 어머니가 내민 전보를 받아 펼쳤다.

박재혁 11일 새벽 5시 사망

전보를 읽는 천택의 눈에서 경련이 일었다. 천택은 전보를 잡은 손에 힘을 꽉 주었다. 전보가 적힌 종이가 천택이 손에서 구겨졌다.

"우리 재혁이, 이누마가 죽었다카재?"

"……."

천택이는 아무 말 없이 고개를 떨구었다.

"죽을라고 한 짓인데 우짜겠노. 죽을라고 한 짓이다 아이가……."

"어무이, 죄송합미더."

"니가 죄송할 거 있나. 다 하늘의 뜻이제."

재혁이 어머니는 먼 하늘을 올려다보며 중얼거렸다. 재혁이 어머니 눈에 눈물방울이 그렁그렁 맺혔다.

"안 울 끼다. 안 울 끼구마."

재혁이 목숨은 사형집행 7시간 전에 끊어졌다. 단식한 지 12일 만이었고, 천택이 면회를 다녀온 지 불과 닷새 만이었다. 그의 나이 26세였다.

천택은 재혁이 어머니와 함께 대구형무소로 갔다. 일본인 간수가 두 사람을 뒤뜰로 안내했다.

"저어기, 저기 있으니 빨리 치우도록 하시오."

"우리 재혁이가 어데 있단 말이고?"

재혁이 어머니는 주변을 둘러보며 물었다.

"거기, 가마니를 걷어 보시오."

재혁이 어머니는 낡아빠진 가마니가 있는 곳으로 향했다. 뛰고 싶으나 뛰지 못하는 듯 두 팔을 휘두르며 갈지자로 걸었다. 재혁이 어머니는 구멍이 숭숭 뚫린 가마니를 걷어냈다. 재혁이 몸뚱어리는 뼈만 남아 앙상한 해골을 연상시켰다.

"아이고, 재혁아! 이누마야."

재혁이 어머니는 재혁이 시신을 붙들고 울부짖었다. 그동안 참아왔던 울음이었다. 천택은 재혁이 어머니가 울음을 다 쏟아낼 때까지 기다렸다. 젊은 아들을 먼저 보내는 재혁이 어머니의 흐느낌을 듣는 천택이 눈에서도 눈물방울이 뚝뚝 떨어졌다.

천택이가 시신수습 절차를 밟고 나서야 시신을 옮길 수 있었다.

재혁이 시신을 실은 기차는 5월 14일 오후가 되어서 부산진역(현 범일동 범곡교차로 옆)에 도착했다. 재혁이 시신이 도착했다는 소식을 들은 좌천동 일대 사람들이 부산진역 앞으로 모여들기 시작했다. 모여든 사람들은 흥분한 듯 한마디씩 내뱉었다.

"나쁜놈들!"

"짐승만도 못한 놈들!"

"죽이고 싶으면 우리거튼 늙은 사람을 죽이제. 와, 젊은 것을 죽이노."

시간이 지날수록 사람들이 많아졌다. 겁에 질린 일본 경찰이 소방차를 진역 앞에 집결시키고 사람들을 향해 외쳤다.

"해산해라! 해산하지 않으면 물대포를 쏘겠다."

하지만 사람들은 해산하기는커녕 점점 더 모여들었다. 그러자 일본 경찰이 소리치기 시작했다.

"물대포를 쏴라!

소방차에서 물이 뿜어져 나오기 시작하자 사람들은 흩어지는 듯하다가 다시 모여들었다. 그러자 일본 경찰이 사람들을 향해 총을 겨누었다. 천택이 사람들을 보며 외쳤다.

"여러분, 이제 돌아가입시더. 재혁이는 여러분들이 쪽바리놈들 총에 맞아 죽기를 원하지 않을 겁미더!"

천택이 외치는 소리에 사람들은 뿔뿔이 흩어졌다.

유난히 검붉은 노을이 서쪽 하늘을 가득 메웠다. 부산항에서 들려오는 뱃고동소리가 유난히 슬프게 울려 퍼졌다.

"뿌우웅~ 뿌웅, 뿌우웅~"

7. 시련, 다시 시련 속으로

1924년 3월.

3·1독립선언서를 기초했던 최남선이 시대일보를 창간했다. 그가 신문을 만든 만큼 사람들의 기대도 컸다. 각 지방에서 사회활동을 하는 사람들이 시대일보 지국을 맡아 운영하기로 하면서 천택은 영주동에 시대일보 부산지국을 설치하고, 부산지국장을 맡았다. 하지만 불과 2개월 정도 지났을 때 시대일보가 자금난에 시달리면서 보천교에 경영권을 넘겨주게 되었다. 보천교의 교주인 차경석은 친일활동을 하고 있었다. 이에 시대일보 사원들이 반발하고 나섰다.

"신문을 쪽바리놈 앞잡이에게 넘길 수 없습니다."

"맞습니다. 우리가 어떻게 만든 신문입니까?"

"시대일보가 차경석에게 넘어가는 것은 우리 민족의 눈을 빼앗기는 일입니다."

시대일보가 보천교의 차경석에게 넘어간 것은 단순한 경영권 싸움이 아니라 친일파와 애국지사의 싸움이었다.

"보천교에 넘어가서는 절대 안 됩니다."

"우리 힘으로 다시 찾아야 합니다."

사원들의 모임인 사우회와 각 지역에서 활동하고 있던 지국장들은 긴급회의를 열었다. 부산지국장이던 최천택도 참석했다. 이들은 일주일간의 토론 끝에 결의를 하게 되었다. 시대일보가 보천교에 넘어가는 것을 절대 반대하고 운영권을 사우회로 넘길 것과, 시대일보 운영은 사우회와 각 지국장의 합의 하에 운영한다는 것이었다. 천택은 10명의 실행위원회에 들어가서 보천교와 대항했다. 결국 보천교의 차경석은 굴복하게 됐으며, 시대일보는 2개월 만에 다시 신문을 발간하게 됐다.

이 무렵 부산과 상해 간 해상항로인 뱃길이 열렸다. 천택은 상해에 있는 의열단 소식이 궁금했다.

'상해 의열단원들은 잘 있겠제? 재혁이 죽고 나서 연락이 끊깄다. 재혁아, 보고 싶다.'

천택은 하늘을 올려다봤다. 새털구름이 서쪽 하늘로 움직이고 있었다.

'재혁아, 저어기 어데선가 내려다보고 있제? 내가 요즘 바빠가 의열단에 신경을 못 썼다. 미안타.'

천택의 마음 한구석은 돌덩이를 하나 얹어놓은 것처럼 무거웠다. 의열단과 연락을 취하려고 했지만 일본 경찰의 감시 때문에 의열단과 끊어진 소식이 이어지기란 쉽지 않았다.

그때였다. 신문을 보던 천택이 눈이 한곳에 멈추었다.

새 항로 개설기념 상해관광단 모집

위의 광고가 대문짝만하게 신문을 장식하고 있었다. 천택은 상해 의열단과 연결할 수 있는 좋은 기회가 될 거라는 생각을 했다.

'그래, 이거다. 하늘이 나를 돕는 기다.'

천택은 의열단 단원인 김국태와 장사중에게 급하게 연락을 취했다.

"느그, 요번에 새 항로 기념으로 상해관광단을 모집한다는 광고 봤나?"

"광고라꼬?"

김국태가 눈을 반짝였다.

"느그 둘이 관광단에 끼어가꼬 상해에 갔다 오는 기 어떻켔노?"

천택의 물음에 사중이의 입이 활짝 벌어졌다.

"상해 단원들 소식을 몰라 답답했다 아이가. 진짜 잘됐고마."

"느그덜만 믿는데이."

천택은 국태와 사중이의 손을 잡았다. 두 친구가 상해에 가서 의열단 소식을 알아 오기를 바라는 마음이 간절했다. 재혁이를 위해서라도 의열단 단원들을 꼭 돕고 싶었다.

국태와 사중이는 관광단에 끼어서 상해로 갔다. 그리고

한 달 후 상해관광단이 돌아오는 날, 천택은 시간에 맞추어서 부두로 나갔다. 관광 단원들과 함께 들어오고 있는 국태와 사중이가 보이자 손을 흔들었다.

"잘 갔다 왔나? 상해는 어떻드노?"

천택은 궁금증을 못 참겠다는 듯 다급하게 물었다.

"잘 댕기왔다. 우선 느그 집으로 가자."

국태가 천택이를 잡아끌었다.

세 친구는 천택의 사랑채로 들어가 앉았다.

"의열단 소식은 들었나?"

"웅. 들었고마."

국태가 먼저 대답을 했다.

"힘들어하고 있더라."

사중이가 천택이를 봤다.

"힘들어한다고?"

"독립운동을 하려면 활동자금이 필요하다 아이가? 근데 활동자금이 많이 모자라가 힘든가 보더라."

"의열단 활동자금이 마이 부족 하단 말이가?"

"글터라."

"그렇나."

천택은 의기소침해졌다. 하지만 이내 좋은 생각이 난 듯 국태를 봤다.

"나한테 좋은 생각이 있구마."

"어떤 생각이고?"

"관광단 모집을 우리가 하믄 안 되겠나? 그라믄 의열단 자금은 우리가 해결할 수 있을 끼다."

"우리가 한다고……."

"그래. 우리가 하는 기다."

제2차 중국 관광단 모집은 시대일보 부산지국이 주최가 되어 모집을 하기로 했다. 관광단 모집만 잘 되면 독립운동자금을 마련하는 데 큰 어려움이 없을 것 같았다.

국태가 천택이를 찾아왔다.

"천택아, 관광단을 홍보하는 돈하고 계약금은 어떻게 마련 할 끼고?"

국태가 걱정스러운 얼굴로 천택이를 봤다.

"걱정 마라. 다 방법이 있구마."

천택이라고 다른 방법이 있었던 것은 아니었다.

"니 혹시……."

천택이는 고개를 끄덕였다. 천택은 자신이 가지고 있는 재산을 처분하면 관광단 모집 자금이 마련될 거라는 생각을 했다.

"어떻게 할라고 그라노?"

"죽을 때 가져갈 것도 아이고… 내가 편히 쉴 수 있는 집만 있으믄 되는 기다. 걱정 마라."

천택은 자신에게 남아 있던 유산 중 집 한 채만 남겨놓고 모두 처분했다. 그리고는 그 돈을 모두 관광사업에 투자했다. 천택은 독립운동자금이 바로 앞에 마련된 것처럼 좋아했다. 하지만 처음부터 어려움에 봉착했다. 사업허가를 내기가 여간 어려운 일이 아니었다. 천택은 자신의 전 재산을 투자해서 독립운동자금을 마련하려고 했던 만큼 어떻게든 관광사업이 성공해야 한다는 생각에 이리저리 뛰어다녔다. 그 결과 사업허가를 얻어냈다.

천택은 관광 문구를 만들어서 시대일보 광고란에 수차례 실었다.

구경갑시다. 우리의 기미 이후 더욱 보고 싶든, 만국을 축소한 소세계 상해!

중국의 관광지 사진이 신문에 실려 나가자 각지에서 관광을 문의해 오는 사람이 많았다. 관광객 모집으로 모든 일이 순조롭게 진행되어가자 천택은 기분이 좋았다.

'독립자금이 마련되믄 상해 관광단을 통해서 바로 의열단에 보내믄 될 끼다.'

천택은 오직 독립운동자금을 마련할 수 있다는 꿈에 부풀어 있었다. 그런데 천택에게 날벼락이 떨어졌다. 자금난으로 운영이 힘들던 시대일보가 폐간되어 버린 것이다.

관광 일자를 며칠 앞두고 시대일보가 없어져 버리자 관

광업 허가는 자동으로 취소될 수밖에 없었다.

천택의 꿈은 산산조각이 났고, 그 많던 논은 다 사라지고 집 한 채만 달랑 남게 되었다. 천택은 허탈한 마음을 달랠 길이 없었다.

일본 식민지 아래에서 자신이 할 수 있는 일이 없다는 생각을 하자 삶을 포기하게 됐다. 천택은 친구가 찾아와도 만나지 않고 방에 틀어박혀서 술만 마셨다.

"천택아! 천택이, 방에 있나?"

"돌아가라. 만나기 싫다!"

천택은 마음의 문을 꼭꼭 닫아걸고 그 누구와도 만나지 않았다. 매일 술을 마시며 마음을 달래던 천택은 서서히 술독에 빠져들었다.

어느 날 밤이었다.

천택은 가슴이 미어지는 듯한 갑갑함 때문에 방문을 열었다. '휘익' 찬 바람이 불어오더니 천택의 목덜미를 감쌌다. 천택은 초점 잃은 눈으로 하늘을 올려다봤다. 자신의 마음은 피폐해졌는데 밤하늘은 예전과 변함이 없었다. 별들이 초롱초롱 반짝이는 밤하늘을 보며 소리를 질렀다.

"와 이렇노? 와 이리 되능 기 없는 기고?"

천택은 가슴이 터져버릴 것만 같아 한쪽 손으로 자신의 가슴을 '탁탁탁' 쳤다. 하지만 가슴은 여전히 답답하기만 했다. 차라리 죽어버렸으면 좋겠다는 생각이 치밀어 올랐다.

"재혁아, 보고 싶다. 그때 나도 데리갔으믄 을메나 좋았
노."

천택은 울부짖었다.

"재혁아! 재혁아~이!"

밤하늘 별들이 점점 밝아지더니 재혁이 얼굴이 나타났다.

"재혁아."

재혁이는 얼굴 가득 웃음을 머금고 천택이를 내려다봤다.

"니는 거기서 잘 지내고 있제? 내는 이러고 있능 기 미
안타. 우째 해 볼라고 하는데 잘 안 된다."

-천택아, 쉽기 되는 기 뭐가 있겠노. 아적도 니는 할 일
이 많다.

천택은 머리를 세차게 흔들었다.

"내 할 일이 많다고? 아이다. 없다. 이렇게 되능 기 없는
데 뭐가 있단 말이고? 없다."

-쉽게 되는 일이라믄 내가 왜 목숨을 바쳤겠노? 천택아,
내 몫까지 일해야제.

천택이를 내려다보는 재혁의 눈빛은 강렬했다. 천택은
번개를 얻어맞은 듯 정신이 번쩍 났다. 순간 재혁이는 사
라지고 없었다. 어둠 속에서 별 하나가 유난히 밝은 빛을
내고 있을 뿐이었다.

'맞다. 쪽바리놈들 앞에서 우째 쉽게 되겠노. 어려울
수 밖이 없다 아이가. 한번 찌그러졌다고 이리 술만 퍼 먹

고 있었단 말이가. 재혁아, 내가 니 몫까지 일한다고 했는데… 내가 미쳤는갑다.'

천택은 방문을 활짝 열어젖혔다. 그리고는 술상과 그 많은 술병을 버리고 방 안을 치우기 시작했다.

일본은 1925년 5월 8일 치안유지법을 만들어 공포했다. 치안유지법으로 우리 민족의 일상생활까지 위협하며 우리 국민들을 꼼짝 못 하게 만들었다. 이에 대항하기 위해 전국 2백 23개의 애국단체 대표 1백 70여 명이 경성(서울)기독교 회관에 모였다. 천택은 부산대표로 참석했다. 이 모임에서 조선청년동맹을 결성했다. 천택은 전국회의를 마치고 돌아와서 부산청년동맹을 결성했다. 집행위원장으로 최천택, 집행위원으로 신우섭, 노상곤, 김한석, 성민석, 박용팔, 김정수 등이 맡았다.

부산청년동맹을 결성했다는 것을 알게 된 일본 경찰은 부산지역 청년들의 모임을 방해하기 시작했다. 친일 청년단체들은 조선총독부 기관지인 매일신보 기자들과 짜고 부산청년동맹에서 하는 일을 그들이 발행하는 신문기사와 각종 논설 등을 통해 사사건건 방해했다. 천택은 매일신보 기자들이 하는 짓을 가만히 보고만 있을 수 없었다. 그는 매일신보 부산지사를 찾아갔다.

"기자라믄 중립을 지킬 줄 알아야 하는 기요! 와 중상모략을 일삼는 거요? 계속 그따위로 기사를 쓰믄 우리도 가만있지 않을 기요!"

"뭐야! 조센징 따위가 겁도 없이 어디 와서 큰소리치는
거냐!"

"뭐? 조센징 따위?"

"조센징 맞잖아. 이 조센징새끼야!"

일본놈들이 우리 민족을 멸시하는 말은 도저히 참을 수
가 없었던 천택은 책상에 있는 물건들을 집어 던졌다.

"그래. 내는 조센징 새끼다. 우짤래? 조센징 맛이나 좀
봐라."

천택은 화가 치밀어 올랐다. 울분을 참을 수 없었던 천
택은 자신 앞에 있는 일본 기자들을 두들겨 팼다. 기자실
은 순식간에 아수라장이 되었다. 신고를 받고 도착한 일
본 경찰이 천택을 잡아갔다. 결국 천택은 폭행죄로 부산
형무소에 수감되었다. 천택은 형무소에 갇히게 됐지만 마
음만은 편했다.

감옥에 갇힌 천택은 간수들에게 두들겨 맞아 실신했다.
천택은 5일 동안 지하감방에 팽개쳐져 있었다. 간수들은
천택이 죽었으리라 생각하고 시체를 치우기 위해 감방문
을 열었다. 하지만 깜짝 놀랐다. 천택이 살아 숨을 쉬고
있었기 때문이다. 이처럼 천택의 목숨은 쉽게 끊어지지
않았다.

8. 회유, 고문에도 굴하지 않는 의지

1929년이었다.

천택이 신간회 부산지회장을 맡게 되었다. 그러자 일본 경찰은 자신들의 골칫거리인 천택을 매수하기로 했다.

"최 선생 계시오?"

"누고?"

천택은 밖을 내다봤다. 모리 형사였다.

'저놈아가 또 뭔 수작을 부릴라고 찾아온 거고.'

천택은 눈을 치켜뜨며 물었다.

"뭔 일이요?"

"최 선생에게 긴히 볼일이 있어서 왔소. 내가 한잔 사겠소. 같이 갑시다."

천택은 자신에게 볼일이 있다는 모리 형사를 의문의 눈으로 봤다. 자신은 이미 나라를 위해 내놓은 목숨이었다. 일본 형사에게 굽힐 일이 없었기 때문에 못 갈 일도 없었다. 또한 모리 형사의 속셈을 알아보고 싶기도 했다.

"못 갈 것도 없제."

모리 형사는 천택을 고급요정으로 데리고 갔다. 천택이 방에 앉자 고급요리들이 하나둘씩 들어오더니 상 위를 꽉 채웠다.

"최 선생, 맛있게 드시오."

"어허, 이렇게까지… 잘 먹겠소."

천택은 요리를 먹으면서도 정신을 놓지 않았다.

'분명 뭔가 있을 끼다. 정신을 차리야제. 호랑이 굴에 들어가도 정신만 바짝 차리믄 된다 안 했나.'

술잔을 주거니 받거니 마시던 모리 형사가 은근히 취한 듯 했다. 천택도 주저함 없이 잘 어울려주었다.

밤이 깊어졌다.

천택은 술에 취한 듯 행동했으나 정신은 점점 더 또렷해졌다. 천택이 친근하게 웃어주며 말을 하자 모리 형사는 수십 년 된 친구처럼 거리낌 없이 대해왔다. 그리고는 친한 친구처럼 천택이 앞으로 가까이 다가와 앉았다.

"제가 그동안 최 선생을 몰라보고 대접을 잘 못했습니다. 앞으로 힘닿는 데까지 도와드리겠습니다."

모리형사는 진심 어린 눈으로 천택을 보며 말했다.

"허허, 보잘것없는 지를 생각해주니 고맙구마요."

천택은 웃음 속에 모리형사의 속셈을 알고 싶어 하는 마음을 감추었다.

"최 선생, 생활이 많이 어렵지요? 도움이 필요하면 언제든지 이야기하시오."

"생활이야 언제나 어려웠소. 하지만 모리 형사가 걱정

할 정도는 아니니께 염려 붙들어 매소.”

천택은 모리 형사의 말을 받아넘겼다.

‘흥! 이놈아가 이제야 본심을 보이는구나.’

모리 형사가 천택의 손을 잡으며 다정한 눈빛을 보냈다.

“최 선생.”

“와 그러시오?”

“부탁이 있습니다.”

“부탁? 말해 보소.”

천택은 자신이 몸을 꼿꼿이 세웠다. 모리 형사는 천택의 생각을 눈치챈 듯 침묵을 지켰다.

“뭐요? 빨리 말하소.”

천택의 재촉에 모리 형사가 입을 열었다. 오랜 친구에게 말을 걸듯 친근한 말투였다.

“최 선생, 내가 매달 2천 원씩 줄 테니 나를 도와주시오.”

천택은 모리 형사가 자신을 회유하려고 했다는 것만으로도 화가 나서 참을 수가 없었다. 천택은 벌떡 일어섰다.

“우리 조선을 맘대로 뺏어가 니들 멋대로 하믄서 뭐라 카는 거고?”

모리 형사의 두 눈이 커졌다.

“내를 우찌 보고 매수할라고 한단 말이고?”

천택은 옆에 있던 목침을 들었다.

"내, 내가 뭐라 했다고 그러시오?"

모리 형사가 뒤로 주춤 물러났다. 천택은 목침을 모리 형사 머리 위로 내리쳤다. 순식간에 일어난 일이었다.

"헉!"

모리 형사 머리에서 피가 흘러내렸다.

"이, 이건 피?"

모리 형사의 눈동자가 흔들렸다.

"피 맛을 보니께 이제 정신이 드나!"

천택은 소리를 지르고는 방문을 박차고 나왔다.

그 후 고등계 형사들은 천택을 밤낮없이 쫓아다녔다. 하지만 천택은 형사들을 무서워하지 않았다.

'그래, 쫓을 테믄 쫓아봐라. 그런다고 내가 방안에만 처박혀 있을 줄 아나?'

모리 형사는 천택을 감시하면서도 혀를 내둘렀다.

천택은 재혁이 나라를 위해 몸을 바쳤듯이 자신도 나라를 위해 목숨을 바칠 각오가 되어 있었다. 그렇기 때문에 결혼은 꿈도 꾸지 않았다. 하지만 당숙모인 변봉금의 생각은 달랐다. 부모님이 돌아가시고 혼자 있는 천택을 어떻게 해서든 결혼시켜야겠다는 생각이었다.

어느 날 당숙모가 천택을 불러 앉혔다.

"천택아, 니 결혼해야 안 되겠나?"

"숙모님, 지는 결혼할 수 없습미더."

"아니, 와 그라는데? 니가 2대 독자라는 거를 잊은 기가?"

"나라도 없는데 결혼해서 뭐 합니꺼? 우리 아들, 딸자식을 나라 없는 곳에서 자라게 할 수 없다 아입니꺼."

"천택아, 가통을 잇는 것도 중요한 기다. 결혼한다고 나라를 위해 싸우지 못하는 기 아이다."

"처자식이 있으믄 방해가 됩미더."

"니 말대로 쪽바리놈들이 물러간 후에 결혼하믄 좋겠지만… 앞으로 어떻게 될지 모르겠고… 니 나이도 있고…….."

"결혼이 중요한 기 아입니더. 내를 그냥 내버려두시믄 안 되겠습니꺼?"

"니를 그냥 내버려 둘 수는 없다 안하나. 나중에 니 부모님을 우째 본단 말이고?"

"내는 결혼해가꼬 처자식한테 누가 되고 싶지 않습미더. 내 몸이 어떻게 될지 모르는데, 어떻게 결혼하고 처자식을 먹여 살리겠습니꺼?"

"안 그렇구마. 이 처자는 니 마음을 충분히 이해할 수 있는 처잔기라. 부모에게 불효하지 말그라."

천택은 며칠을 고민했다. 당숙모의 간절한 바람을 저버릴 자신이 없었다. 또한 살아생전에 자신의 일을 한다고 부모님에게 효도를 다 하지 못한 것이 마음에 걸렸다.

결국 천택은 결혼하기로 마음먹었다. 천택의 나이 38살이었다.

천택은 자신에게 단 하나 남아있는 초량집에서 신혼살림을 차렸다.

1944년에는 상해임시정부 요원으로 있던 장건상 선생이 잠시 귀국했다. 하지만 일본 경찰망에 걸려 오도 가도 못하고 있었다. 찰거머리처럼 따라붙는 일본 경찰을 따돌리기가 쉽지 않았다.

그렇게 숨어서 지내던 장건상 선생은 일본 경찰의 눈을 속이고 탈출에 성공했다. 장건상 선생이 상해로 돌아갔다는 것을 알게 된 일본 경찰은 제일 먼저 천택을 붙잡아갔다.

일본 경찰은 분풀이를 하듯 천택을 묶어놓고 매질을 하기 시작했다.

"네 짓이라는 걸 알고 있다. 악질 같은 놈!"

"뭐가 내 짓이라는 기고?"

"장건상을 상해로 빼돌렸잖아!"

"뭔 얘기를 하는 기고? 나는 장건상을 만난 적이 없다."

"시치미 떼지 마라! 네놈이 바른대로 말할 놈이 아니지. 이놈을 반 죽여놓도록 해라!"

머리끝까지 화가 나 있던 일본 경찰은 잠을 재우지 않으면서 고문했다. 하지만 천택은 끝까지 입을 열지 않았다.

"난 장건상을 도운 적이 없다 안하나."

"이 녀석이 지금도 정신을 못 차렸군!"

"내는 장건상을 만난 적이 없고마. 그란데 어찌 도운단 말이고! 생떼 고만 쓰라 마! 난 모르는 일이다."

"지독한 놈이군. 이놈이 입을 열 때까지 고문해라!"

일본 경찰이 사흘 동안 고문을 해댔지만 천택은 끄덕하지 않았다. 일본 경찰은 결국 풀어줄 수밖에 없었다. 이때 고문으로 천택은 한쪽 눈을 잃었다.

이처럼 천택을 일거수일투족 감시하던 경찰은 툭하면 천택을 잡아 가두었다. 일본 경찰이 감시가 심해질수록 천택의 마음은 점점 더 굳건해졌다. 나라의 독립을 위해서 몸을 바쳐야겠다는 생각으로.

9. 해방, 그리고 다시 고난의 길

일본 경찰은 천택의 뒤를 계속 따라다녔다.

독립운동을 할 우려가 있는 인물들의 명단을 작성해서 계속 감시해오다가 여러 가지 구실을 붙여 가두었다. 일본 경찰은 천택을 1급 사상범으로 정하고 걸핏하면 예비검속이라는 구실로 유치장에 가두기를 반복했다.

1945년 8월 9일에도 예비검속에서 천택을 잡아 가두었다. 유치장에는 여러 명의 학자와 지식인, 독립운동을 돕던 사람들이 갇혀 있었다. 이들은 유치장에서 서로 의견을 나누었다.

"쪽바리놈들 언젠가는 패망 할 끼다."

"맞다. 분명 패망 할 끼다!"

"마지막 발악을 하는 걸 끼구마."

"전쟁이 막바지에 치닫고 있다더마. 우리부터 쥑일 거구마."

"그럴 끼다. 우리가 죽기 전에 저놈들이 망하는 걸 봐야 할낀데."

"독립을 보지 못하고 죽는 거이 원통할 뿐이구마."

"쪽바리놈들, 망할 날이 얼마 남지 않았을 끼다."

천택은 일본이 망할 날이 얼마 남지 않았다고 말했다. 그런 천택을 보며 피식 웃어넘기는 사람도 있었다. 이처럼 유치장에 잡혀있던 사람들은 경찰의 눈을 피해 서로를 위로했다. 이들은 언제 사형장의 이슬로 사라질지 모르는 자신들의 불안한 상황을 애써 감추며 하루하루를 보내고 있었다.

8월 14일이었다.

경찰서 안의 공기가 어수선했다. 경찰들이 '후다닥' 뛰어다녔고, 유치장 안이 술렁이기 시작했다.

"쪽바리놈들이 항복한다는 말이 있다는구만."

"뭐라고?"

"참말이가?"

"그라믄 우린 우째 되는 거고?"

"쪽바리놈들이 우릴 가만 안 놔둘 낀데."

"오늘 밤에 우리를 쥑일 수도 있다 아이가."

"아, 조국의 독립을 보지 몬 하고 죽어야 한단 말이가……."

저녁이 되자 유치장 안의 불안감은 최고조에 달했다. 가끔 한숨 소리만 들릴 뿐 조용했다. 다들 걱정했지만 그날 밤은 아무 일도 일어나지 않았다.

다음 날, 석양이 질 즈음에 유치장 문이 열렸다.

철커덩.

"인쟈 우릴 쥑일란갑다."

"그런 거 같구마."

유치장에 갇힌 사람들은 고개를 축 늘어뜨렸다. 그때 경찰이 안으로 들어오더니 사람들을 둘러보며 말했다.

"각자 자기 짐을 챙기시오."

순간 유치장 안은 쥐죽은 듯했다. 작은 숨소리만이 유치장 안을 메웠다.

"와 짐을 챙기라는 기요?"

천택은 용기를 내어 경찰에게 물었다.

"모두 짐을 챙겨 돌아가시오. 해방이 되었소."

유치장 안은 개미 기어가는 소리도 들리지 않을 만큼 조용해졌다. 해방이라니 잘못 들은 것은 아닌지 자신들의 귀를 의심했다.

"해방이라니 뭔 말이고?"

"그러게, 말이 되는 소리가?"

"조선은 해방되었소. 각자 집으로 돌아가시오."

"진짜 해방이라 카는데요."

청년의 목소리가 들렸다. 천택이 유치장 밖을 향해 소리쳤다.

"해방이다! 쪽바리놈들에게서 해방됐다!"

유치장 안이 소란스러워지기 시작했다.

"해방됐다 카네."

"진짜 해방됐소?"

"참말 해방됐단 말이가?"

죽을 줄 알았던 예비 검속자들은 감격의 눈물을 하염없이 흘렸다. 그리고 울음 섞인 소리로 부르짖었다.

"해방이다!"

"해방됐다!"

일본은 1945년 8월 15일 정오, 미국·영국·소련·프랑스 연합군에 무조건 항복했다. 일본이 망할 거라고 생각했던 사람은 거의 없었다. 어떤 사람들은 영원히 일본의 지배 하에서 벗어날 수 없을 것이라고 생각했다.

천택은 해방을 맞이한 기쁜 마음을 제일 먼저 재혁이에게 알리고 싶었다. 감옥에서 나온 천택은 재혁이 무덤에 찾아갔다.

"재혁아, 이 친구야, 해방됐구마. 쪽바리놈들이 물러갔단 말이다."

천택의 눈에 눈물이 글썽거렸다.

"니하고 함께였다믄 을메나 좋았겠노. 흐흐흐흑."

천택의 입에서 흐느낌이 흘러나왔다. 천택은 하늘을 올려다봤다. 해방이 된 하늘은 다른 날보다 더 푸르렀다. 고추잠자리가 재혁의 무덤가를 맴돌다가 날아갔다.

그런데 해방의 기쁨도 잠깐이었다. 나라가 다시 남북으

로 갈라졌다. 38도선을 경계로 북쪽은 소련이, 남쪽은 미국이 지배하게 된 것이다. 혼란한 틈을 타서 일본의 앞잡이였던 사람들이 애국자인 것처럼 활동하기 시작했다. 천택은 가만히 있을 수가 없었다.

"엊그제만 해도 쪽바리놈들의 손과 발이 되야서 날뛰던 것들이 이자는 독립운동을 한 것처럼 애국자 행세를 한단 말이가. 내 두고 볼 수 없구마."

천택은 친일파들을 처단할 것을 강력하게 주장했다.

"반민특위를 만들어가 친일파들을 몰아냅시더!"

"친일파를 반드시 몰아내야만 합미더!"

천택의 주장은 친일파들의 강력한 세력에 눌려서 흐지부지되고 말았다.

해방을 맞았으나 나라는 혼란이 계속됐다.

1950년 6월 25일 새벽, 마침내 전쟁이 일어나고 말았다.

"전쟁이 났다 칸다."

"전쟁이라고? 뭔 소리고?"

"새벽에 북에서 쳐들어왔다고 안 하나."

"이 혼란한 상황에서 전쟁이 어떻게 난단 말이고?"

"뉴스를 들어보라니께. 지금 서울에서는 피난 떠난다고 난리구마."

"참말이가? 그라믄 우리는 어데로 피난 가야 하는 기고?"

"내가 우째 알겠노? 우리도 준비는 하고 있어야 할 거 아니가?"

사람들은 전쟁 이야기로 어수선한 날들을 보내고 있었다.

새벽이었다.

"쾅! 쾅! 쾅!"

천택의 집 대문이 부서질 듯 흔들렸다.

"이 새벽에 누고?"

"문 여시오!"

굵직한 남자 목소리가 들렸다.

"잠시만 기다리소."

문 따는 소리가 들리고 잠시 후 군홧발 소리가 들렸다.

"최천택이 어디 있소?"

"무슨 일 있습니꺼?"

"최천택을 찾아!"

군화발들이 뛰어들었다. 이 층 방에 혼자 있던 천택은 갑자기 들이닥친 헌병대에 체포되어 잡혀갔다.

전쟁이 나자 정부에서 전국 경찰과 헌병대를 동원하여 보도연맹에 가입한 사상가와 좌익혐의가 있다고 생각되는 사람들을 모조리 잡아다 처단하라는 명령이 내려진 것이다.

헌병대에는 이미 많은 사람이 잡혀 들어와 있었다.

헌병대 분위기는 살벌했다. 헌병들은 잡아 온 사람들의

인원점검을 끝내고는 방첩대로 넘겼다.

천택은 다른 사람들과 함께 군용트럭에 실려 어딘가로 끌려갔다. 야간에 이동되었기 때문에 어디가 어딘지 알 수 없었다. 한참 만에 도착한 곳은 축축하고 비릿한 냄새가 가득 찬 곳이었다. 해변의 커다란 창고에는 칸막이가 되어 방이 나누어져 있었다. 그곳에 한 사람씩 들어갔다.

"이 녀석들은 빨갱이 두목들이다. 잘 다루도록 해라!"

투박한 목소리가 명령했다.

천택의 손목에 수갑이 채워지고 눈을 동여 멘 채 칸막이 방으로 들여보내 졌다. 잠시 후, 젊은 청년이 들어오더니 천택의 몸에서 수갑을 풀어주고, 눈가리개도 벗겨주었다. 천택은 주변을 두리번거렸다. 5평쯤 되어 보이는 지하실 방이었다. 책상이 한 개, 의자가 두 개 있었다. 천택이 의자에 앉자 중년 남자가 들어오더니 맞은편 의자에 앉았다. 눈매가 매서우면서 인상이 날카로운 사람이었다. 취조관인 듯했다. 책상 위에는 몇 장의 종이가 놓여있었다. 그 사람은 종이의 글을 대충 훑어보았다. 그리고는 아무 말 없이 천택을 뚫어지게 바라봤다. 덩치가 큰 두 사람이 부동자세로 서 있었다. 그들은 작은 눈짓 하나에도 민첩하게 움직였다.

잠시 침묵이 흐른 뒤 중년 남자가 말문을 열었다.

"묻는 말에만 간단하게 대답하시오."

무미건조하면서도 냉랭한 목소리였다.

"이름은?"

"최천택입미더."

"주소는?"

"좌천동 496번지입미더."

"나이는?"

"쉰 다섯입미더."

"최천택이 틀림없지?"

"틀림없습미더."

"최천택은 일제 때부터 빨갱이였구먼."

"……."

침묵이 흘렀다.

"민주중보에 근무했지?"

"네."

"그 빨갱이 신문, 누구 지령을 받고 했나?"

천택은 어이없는 얼굴로 남자를 가만히 올려다봤다.

"장건상 민의원 선거사무장을 맡은 것도 사실이지?"

"그렇소."

천택의 목소리에는 힘이 잔뜩 들어가 있었다. 그러자
남자가 인상을 찌푸렸다.

"같은 통속이군."

"뭐라고요?"

"구제할 길이 없어."

취조관은 혼자 말처럼 중얼거렸다. 그리고는 천택을 뻔히 쳐다보며 물었다.

"장건상이 국회에서 한 첫 발언이 무엇인지 알고 있겠지? 그놈은 말이야, 북쪽 빨갱이 놈들이 입에 침이 마르도록 주장하던 남북평화통일을 주장했어. 그러니 빨갱이가 아니고 뭔가? 안 그래?"

"그런 말 함부로 하는 기 아입미더. 장건상 선생은 우리 민족의 지도자란 말입미더."

"이놈이 나이가 들었다고 신사적으로 대하니 어디다 대꾸야! 뭐야? 우리 민족의 지도자라고?"

"장건상 선생을 함부로 말하지 말아 주이소."

"그래? 빨갱이 놈들은 손을 봐야 제대로 말을 한단 말이야."

천택은 아무 말 없이 가만히 있었다.

"최천택, 김일성의 지령을 언제부터 받아왔어? 순순히 말하면 지금이라도 당장 보내주마."

천택은 가만히 있었다. 대답할 가치가 없는 질문이었다.

"대답하기 싫으면 입을 열도록 해 주지. 대답이 나올 때까지 쳐라!"

건장한 청년이 달려들어 천택의 팔과 다리를 묶어 밧줄에 매달았다. 그리고는 얼굴에 비닐을 씌워 물을 붓기도 하고, 쇠를 달구어 가슴과 등을 지졌다. 또한 몽둥이로 몸을 내리쳤다. 일본 강점기 때 받은 고문 그대로였다.

천택은 매를 몇 대나 맞을 수 있는지 수를 세어봤다.

'하나, 둘, 셋, 넷… 일곱, 여덟…….'

여덟까지 세고 난 후 천택은 의식을 잃었다. 당황한 그들은 깨어나라고 찬물을 몇 통 들이부었지만 반응이 없자 그대로 버려두고 가버렸다.

천택이 정신이 든 것은 새벽이었다. 정신은 들었으나 온몸이 만신창이가 되어 도저히 움직일 수가 없었다. 숨을 쉬기도 곤란했다. 주위에는 아무도 없었다. 어디가 어딘지 알 수도 없었다. 천택은 간신히 몸을 가누고 엉금엉금 기어 건물 밖으로 나왔다. 간신히 기다시피 해서 자신이 찾아간 곳은 초량의 동서 집이었다. 그는 그곳에서 숨어 지내다가 살아남았다.

최천택과 함께 잡혀간 김동산과 엄양준은 그길로 불귀의 몸이 되고 말았다. 두 사람이 어디에서 어떻게 되었는지 아는 사람은 아무도 없다.

10. 평화통일 되는 그날까지

할아버지는 잠시 말을 끊고 바다를 내려다봤다. 산이는 답답한 마음에 할아버지 팔을 잡으며 물었다.

"할아버지, 최천택 선생님은 목숨이 진짜 질기네요?"

할아버지가 산이에게 눈길을 주며 머리를 쓸어 넘겼다.

"허허, 이놈이 못하는 말이 없구마. 목숨이 질긴 기 아니라 그만큼 죽으믄 안 됐던 기라."

"그럼 아직도 살아있어요?"

"에끼, 이 녀석아, 아직도 살아계시믄 몇 살이겠노? 이 할배보다 나이가 훨씬 많은 선생님인데……."

할아버지는 친구인 김 노인을 보며 물었다.

"우리가 선생을 언제 만났는가? 그라니께 그때가 자네하고 내가 대학교에 막 들어갔을 때였제?"

"대학교 1학년 때였고마. 유난히 더웠던 여름에 처음 뵙고 그 뒤로 자주 찾아뵀제. 술도 을메나 잘 마셨는가. 자네도 술 좀 한다고 했지만 선생님한테는 못 당했구마."

"그랬제. 산아, 그때 이 할애비가 선생님을 만나믄서 생각을 많이 바꾸게 됐다. 나라에 대해서 다시 생각하게 됐는기라. 와, 평화통일을 해야 하는지? 와, 평화로운 세상이 되어야 하는지를 생각하게 된 기라."

"최천택 선생님은 죽을 만큼 두들겨 맞고도 살아난 게 사실이에요?"

산이는 할아버지를 보며 물었다.

"그랬제. 선생님은 한국전쟁 이후로 모든 일에서 손을 뗐구마. 그라고는 매일 정공단에 올라가가 마당을 쓸고 정리하며 보냈는 기라."

할아버지는 하늘을 올려다보며 말을 이어갔다.

"전쟁은 이 세상에서 절대 일어나선 안 되는 기다. 많은 사람들을 죽음으로 몰아가는 기라. 죄가 없어도 이념이 다르다는 이유로 죽고… 특히, 죄 없는 아이들과 여성들이 아무것도 모른 채 죽는 경우가 많은 기라."

할아버지 눈이 촉촉이 젖어 들었다.

한국전쟁이 끝나고 나서 혼란한 시기가 계속되었다. 자유당 정권 말기였다. 해방과 전쟁을 겪은 우리나라는 부패에 찌들대로 찌들어 있었다.

이승만 대통령은 백성을 돌보기보다 자신의 정치권력 유지에만 정신을 쏟고 있었다. 피폐해진 국민들의 생활은 어려웠고, 나라의 기강은 땅바닥에 떨어졌다. 일제강점기 때 일본 앞잡이 노릇을 했던 사람들은 높은 관직에 있었으며, 미국을 등에 업고 호의호식하며 나라와 백성을 살피는 일은 등한시했다. 또한 양심적인 지도자들을 빨갱이나 반역자로 몰아 없애려는 정책을 썼다.

결국 일제강점기 때 목숨을 바쳐가며 일본에 대항했던 독립운동가나 민족자본을 살리겠다고 했던 기업가, 우리 것을 살리겠다는 교육자 등 양심적인 사람들은 이승만 대통령에게 등을 돌릴 수밖에 없었다.

최천택도 그런 사람 중 한 분이었다.

1960년 4·19학생의거가 터져 자유당 정권이 붕괴되자 최천택은 민주의정에 참여하여 민족통일을 위한 포부를 펼치려고 했다. 하지만 선거에 낙선하면서 그의 뜻을 펼치지 못했다.

민족이 분열되어 싸우는 것을 보면서, 그는 아무 욕심 없는 야인으로 살아가고자 했다.

의식이 있던 교육자와 학생들은 조용히 지내고 있던 최천택 선생을 자주 찾아뵈었다. 그들은 독립운동에 관한 것, 우리나라의 미래에 대한 것들을 허심탄회하게 주고받았다.

"해방과 전쟁을 겪은 우리나라는 앞으로 어떻게 나아가야 하는 겁니꺼?"

"이 사람들, 헛공부혔구먼, 헛공부혔어. 해방이라니……."

"선생님, 지금도 해방이 아니란 말입니꺼?"

"아즉까정 38선이 그대로 남아있는데 해방이란 말이 나온단 말이가? 아즉까정 친일파들이 득실거리는데 해방이라고 말할 수 있단 말인가? 아즉까정 미국을 등에 업고 활개 치는 인간들이 있는데 어찌 해방이라고 할 수 있겠는가 말이다."

"……."

최천택은 천장을 바라봤다.

"난 말이야. 죽으믄 한 마리 새가 되고 싶구마. 새가 되어 휴전선 위를 훨훨 자유롭게 날아댕기고 싶어. 남쪽도 북쪽도 없는 한반도를 말이야."

최천택은 자신이 살아있는 날까지 조국이 하나가 되기를 바랐지만 끝끝내 통일을 못 보고 돌아가셨다.

1961년 11월 17일 최천택의 나이 66세였다.

할아버지 눈에 눈물이 고였다.

"할아버지, 최천택 선생님이 생각나는구나?"

"하모. 참으로 강직한 분이셨구마. 자기 생각대로 돌아가지 않는 세상을 한탄하시다가 돌아가셨는 기라. 미래는 우리한테 맡긴다고 했구마. 우리보고 통일을 꼭 이루라고 혔는데… 아적도 못 이루고 있는 기 죄송할 뿐이구마."

"할아버지, 최천택 선생님이 돌아가실 때 옆에 있었어요?"

산이는 최천택 선생의 얼굴 동판을 올려다보며 물었다.

"그러니까 그날이 기말고사를 보기 전이었제. 비가 억수로 쏟아졌다 아이가. 가을비치고 너무 세찼구마. 김영감 그때 생각나나?"

"하모, 우째 잊겠는가. 자네하고 내하고 선생님을 만날라고 정공단에 올랐제. 그란데 거기 없어가 최 선생님 집으로 갔다 아이가. 선생님이 안방에 누워 있었잖은가."

"자네, 잊지 않고 있었구마. 난 기억이 가물가물 하고마는. 선생님은 지금 우리나라는 완전한 독립이 되지 않았다고 했제. 남과 북이 평화통일이 돼야지 완전한 독립이 된 것이고, 그리고 나서야 완전한 해방이 되는 것이라고 했잖은가."

"그랬제. 기억이 생생하고마."

"완전한 해방이라고?"

산이는 혼자 중얼거렸다. 그러다가 고개를 돌렸다. 영자 할머니가 걸어오고 있었다.

"할아버지, 저기 영자 할머니 오시네요. 할머니 어디 갔다 오세요?"

"너거 할배 목마를까 봐 음료수 사 온다 아이가."

"우와, 영자 할머니가 최고다. 할머니, 혹시 우리 할아버지 좋아하세요?"

"하모, 좋아하제. 사람을 좋아하는 기 을메나 즐겁다

고."

김 노인이 영자 할머니를 보며 눈을 흘겼다.

"그라믄 내도 좋아해주믄 안되는가?"

"무시라. 김 영감님도 좋아하제요. 자, 이 음료수나 마시소."

할아버지가 김 노인과 영자 할머니 사이를 끼어들 듯 산이를 불렀다.

"산아, 우리는 통일을 시키지 못했다 아이가. 느그 세대에는 꼭 통일 시키거래이. 평화통일 말이다."

"아이고, 이 영감탱이가 뭔 말을 하는 기고? 산이가 평화통일을 어떻게 시키노. 나라가 해야지."

"그라니께. 산이가 커서 평화통일시키는 데 한몫 하라는 거 아니가. 우리 모두가 평화통일에 대한 염원이 있어야 통일이 될 거 아이가."

"그 말은 맞지만서도……."

"할아버지 걱정 말아요. 내가 꼭 평화통일시킬게요."

산이는 할아버지를 보며 소리쳤다. 그리고는 몸을 돌려 뛰었다.

"산아, 어데 가노?"

"저어기, 광복기념관에요!"

산이는 걸음을 멈추고 맞은편에 있는 광복기념관을 가리켰다. 그리고는 다시 뛰어가기 시작했다. 하늘은 여전히 푸르렀다. 바람이 살짝 머물다가 뛰어가는 산이를 쫓아갔다.

"충혼탑은 높게 솟아있고, 민주공원도 넓게 자리 잡고 있는데 광복기념관은 참 작제. 최천택 선생이나 박재혁 의사처럼 나라를 위해 몸을 아끼지 않은 사람들 때문에 지금 우리가 이 땅에 이렇게 살고 있는 거 아니가. 그런데 광복기념관은 소박하다꼬 해야 하는 건지… 여기에 있는 충혼시설 중에서도 너무 눈에 안 띄게 작은 기라. 쯧쯧쯧."

할아버지는 혀를 찼다.

"크게 맹그러 놓는다고 다 좋은 기 아니다. 내실이 중요한기라. 부산을 위해 몸을 아끼지 않은 독립운동가들을 잘 나타내고 있는가 하는 것이 중요하지 않겠나. 지금도 밝혀지지 않은 독립운동가들이 을메나 많노. 외롭게 죽어간 그들을 찾아야 하는 일도 중요한 기라. 앞으로 산이 같은 아~들이 해야 할 몫인 기라."

"오늘따라 최천택 선생님이 마이 생각나네. 우리한테 꼭 평화통일을 이루어서 완전한 독립, 완전한 해방을 맞이하라고 했는데 지송하네."

"산이가 있잖나. 우리가 못한 건 산이가 하믄 되지. 지금 아~들은 똑똑 하니께 통일을 꼭 이룰 끼다. 평화통일을 말이다."

할아버지와 김 노인, 그리고 영자 할머니는 누가 먼저랄 것도 없이 산이 뒤를 쫓아 광복기념관으로 걸음을 옮겼다. 세 사람 뒤로 뱃고동소리가 뿌웅~ 울리며 커다란 배가 부두를 빠져나갔다.

작가의 말

산과 들, 거리 곳곳에서 붉은 매화와 하얀 매화꽃이 피어나기 시작하는 계절입니다.

올해의 매화는 더 진하게 붉은색으로 그 어느 해보다 청초한 하얀빛으로 만개했습니다. 매화는 차갑고 혹독한 겨울을 이겨내고 따뜻한 계절인 봄이 왔다는 것을 제일 먼저 알리는 꽃입니다.

1919년 3월 1일, 그날도 매화꽃은 추운 겨울을 참아내고 따뜻한 계절이 왔다는 것을 알려주듯이 마을마다, 골짜기마다, 강가에도, 개울가에도 시리도록 붉고 하얀 봉오리로 피어났을 것입니다. 바로 그때 3·1운동이 전국 방방 곳곳에서 해방의 함성으로 울려 퍼졌습니다.

'대한독립만세! 대한독립만세! 대한독립만세!'

2019년은 3·1운동 100주년, 대한민국 임시정부 수립 100주년이 되는 해입니다.

일제강점기 36년 동안 받은 모든 차별과 수탈은 우리 민족의 모든 것에 대한 폭력이었습니다. 제국주의의 선봉에 있던 일본이 조선에 저지른 만행이었습니다. '대한 조선인'이 아닌 일제의 식민지 시민으로 살아갈 수밖에 없었던 아픔의 기억은 당대에만 머물러있지 않습니다. 100년이 지난 지금도 친일청산과 역사바로세우기는 진행형입니다. 그런 의미에서 항일 독립운동은 과거이지만 아직도 현재요, 미래입니다. 우리는 3·1운동의 전과 후에 활동했던 독립운동가들의 생애를 결코 잊어서는 안 될 것입니다.

그 당시 어린이뿐만 아니라 중·고등학생, 청년, 장년, 노인 등 남녀노소 모든 사람이 태극기를 들고 거리로 나왔습니다. 방방곡곡, 자신들이 살고 있는 곳에서 그리고 타향에서 대한민국이 자주독립국임을 만천하에 알렸습니다. 자신의 목숨보다 나라의 독립을 되찾고자 하는 마음이 강했기 때문입니다. 특히 학생들은 자발적으로 조직을 만들고, 전국에서 투쟁하기 시작했습니다. 그 많은 학생들 중에 최천택이 있었습니다.

최천택은 고등학교 2학년 때 우리말과 우리글을 못 쓰게 하고 우리의 역사를 배우지 못하게 하자『동국역사』책을 필사해서 친구들과 나누어 읽었습니다. 그 후부터 그의 삶은 '구세단'을 조직하여 일제의 부당함에 항거했고, 일생동안 민족과 독립을 위한 긴 여정을 보냈습니다. 8·15 해방 후에는 민주화와 평화통일을 위해 또다시 온 몸을 불살랐습니다. 그는 독립운동을 하는 동안 54번에 걸쳐 체포, 구금, 구속되었고, 그때마다 모진 고문과 회유를 받았습니다. 그러나 단 한 번도 동지를 팔거나 자백을 한 적이 없는 불굴의 의지를 가진 독립투사였습니다. 최천택은 부산사람입니다. 부산에서 태어나 부산을 거점으로 독립운동을 하면서 부산을 떠난 적이 없는 부산독립운동가입니다.

　최천택에 대한 글을 쓰기 위해 조사를 하고 자료를 찾았지만 여간 어려운 일이 아니었습니다. 독립운동가로서, 통일운동가로서 최천택은 위대한 삶을 살았지만 자료와 기억은 빈약했습니다. 긴 탈고의 과정에서 최천택뿐만 아니라 최천택처럼 이름 없이 죽어간 독립운동가들이 많을 것이라는 생각을 하게 되었습니다. 그의 생애처럼 고등학교 시절부터 생을 마감할 때까지 유치장과 교도소를 들락거린 사람은 많을 것입니다. 그분들을 잊고 살아왔을지도 모릅니다. 그분들을 기억 속에서 지우고 살고 있을지도 모르는 현재 우리가 인식하고 배우고 있는 역사는 다시 생각해 봐야 한다는 생각이 들었습니다.

　'우리 자신이 살고 있는 지역에서 독립운동을 했지만 아직 알려지지 않은 많은 독립운동가가 얼마나 많을까?' 하는 생각이 꼬리에 꼬리를 물고 이어지면서 밤잠을 설친 날이 많았습니다. 최천택처럼 자신이 태어난 곳에서 항일운동과 민주화와 평화통일을 위해 싸운 사람들이 더 많을 것이라고 봅니다. 이분들을 마음에 새기고 계승하는 일은 이 시대를 살아가고 있는 우리의 몫이라는 생각이 들었습니다. 최천택을 알게 된 것이 이 원고를 마무리하면서 얻은 가장 소중한 성과입니다.

최천택이 살았던 시대를 거슬러 올라가며 그 시대상과 배경, 그리고 글을 쓰는 데 도움을 주신 부경근대사료연구소 김한근 소장님과 최천택기념사업회, 민주항쟁기념사업회, 최천택 선생님의 아드님이신 최철 선생님, 그리고 최천택 선생님의 모든 자료를 챙겨주신 개성고등학교 역사관 노상만 관장님에게 감사 인사를 드립니다. 또한 글을 쓰는 데 있어서 항상 용기를 주시는 이주영 선생님에게 고마움을 전합니다.

2019년 3월 매화꽃이 한창 핀 어느 날
현 정 란

깊이 보는 역사
최천택 이야기

- 최천택 연보
- 사진 속 역사 들여다보기

최천택 연보

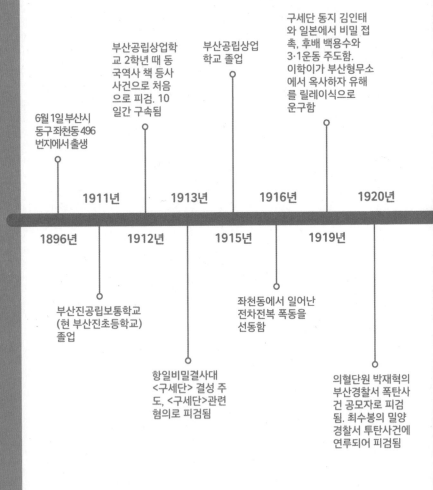

6월 1일 부산시
동구 좌천동 496
번지에서 출생

부산공립상업학
교 2학년 때 동
국역사 책 등사
사건으로 처음
으로 피검. 10
일간 구속됨

부산공립상업
학교 졸업

구세단 동지 김인태
와 일본에서 비밀 접
촉, 후배 백용수와
3·1운동 주도함.
이학이가 부산형무소
에서 옥사하자 유해
를 릴레이식으로
운구함

1911년   **1913년**   **1916년**   **1920년**

1896년   **1912년**   **1915년**   **1919년**

부산진공립보통학교
(현 부산진초등학교)
졸업

좌천동에서 일어난
전차전복 폭동을
선동함

항일비밀결사대
<구세단> 결성 주
도, <구세단>관련
혐의로 피검됨

의혈단원 박재혁의
부산경찰서 폭탄사
건 공모자로 피검
됨. 최수봉의 밀양
경찰서 투탄사건에
연루되어 피검됨

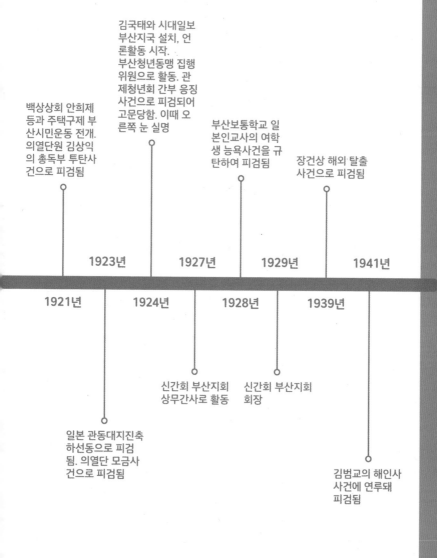

백상상회 안희제 등과 주택구제 부산시민운동 전개. 의열단원 김상익의 총독부 투탄사건으로 피검됨

김국태와 시대일보 부산지국 설치, 언론활동 시작.
부산청년동맹 집행위원으로 활동. 관제청년회 간부 응징사건으로 피검되어 고문당함. 이때 오른쪽 눈 실명

부산보통학교 일본인교사의 여학생 능욕사건을 규탄하여 피검됨

장건상 해외 탈출 사건으로 피검됨

1923년

1927년

1929년

1941년

1921년

1924년

1928년

1939년

신간회 부산지회 상무간사로 활동

신간회 부산지회 회장

일본 관동대지진축하선동으로 피검됨. 의열단 모금사건으로 피검됨

김범교의 해인사 사건에 연루돼 피검됨

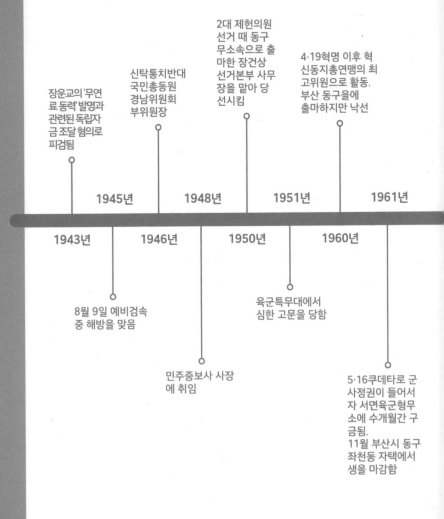

장운교의 '무연료 동력' 발명과 관련된 독립자금 조달 혐의로 피검됨

신탁통치반대 국민총동원 경남위원회 부위원장

2대 제헌의원 선거 때 동구 무소속으로 출마한 장건상 선거본부 사무장을 맡아 당선시킴

4·19혁명 이후 혁신동지총연맹의 최고위원으로 활동. 부산 동구을에 출마하지만 낙선

1943년

1945년

1946년

1948년

1950년

1951년

1960년

1961년

8월 9일 예비검속 중 해방을 맞음

민주중보사 사장에 취임

육군특무대에서 심한 고문을 당함

5·16쿠데타로 군 사정권이 들어서자 서면육군형무소에 수개월간 구금됨.
11월 부산시 동구 좌천동 자택에서 생을 마감함

부산경찰서 폭파 거사 전, 박재혁 의사와 함께 찍은 기념사진

ⓒ김한근 소장(독립기념관 소장)

오재영(오택)과 최천택(오른쪽) 부산공립상업학교 재학시절 사진

©개성고등학교역사관자료제공

보통학교 동국역사 책- 1899년
간행/ 75쪽/ 한문과 한글사용

© e뮤지엄

구한말 교과서인 신정 동국역사(2권 합본)- 장지연(교열)/휘문의숙 인쇄
부 간행/광무10년(1906년)/166쪽, 148쪽/선장본

© e뮤지엄

최천택이 29세 때 좌천 동생가에서 찍은 가족사진. 최천택의 왼쪽
엔 막내여동생 금술씨, 뒷줄엔 어머니 김행숙씨(왼쪽 두 번째)의 모습
이 보인다.

ⓒ부산일보사

（朝鮮人）校學業商立公山釜

최천택이 다녔던 부산공립상업학교- 학교 전경

ⓒ개성고등학교역사관

부산공립상업학교 제4회 졸업사진(뒷줄 오른쪽에서 두 번째)

ⓒ개성고등학교역사관

통영충열사에서 친구들과 찍은 사진(왼쪽 끝이 최천택)

ⓒ부산일보사

1907년경 좌천동과 영가대 일대

ⓒ김한근 소장

1910년대 후반 최천택 생가 뒤편 철도 건널목 풍경

Ⓒ김한근 소장

1926년 부산형무소

ⒸQ김한근 소장

▲ 1934년 부산 제2공립
상업학교 교정

ⓒ김한근 소장

義士朴載赫碑

◀ 정공단에 있는 박재혁
기념비 앞에서

ⓒ개성고등학교역사관

최천택 기념비

©개성고등학교역사관

l 참고한 책과 자료

- 「소정 최천택의 항일민족지사로서의 평가」 김승, 한국일본문제연구회
- 「최천택」 부경역사연구소, 김선미, 동구청 자료, 2014
- 『깊은 산 먼 울림』 김흥주, 배달, 1993
- 최천택기념사업회 자료
- 현 개성고등학교 역사관 최천택 자료
- 어둠을 밝힌 사람들-외롭게 살다간 항일투사 소정 최천택편, 부산일보사, 1983

l 사진자료 제공

- 개성고등학교 역사관
- 부경근대사료연구소

해방, 그리고 통일을 위하여

최 천 택　ⓒ 2019, 현정란

기 획	(사)부산민주항쟁기념사업회
지은이	현정란
초판 1쇄 발행	2019년 06월 10일
펴낸곳	호밀밭
펴낸이	장현정
편 집	박정오
디자인	최효선
마케팅	최문섭
등 록	2008년 11월 12일 (제338-2008-6호)
주 소	부산 수영구 광안해변로 294번길 24 B1F 생각하는 바다
전 화	070-7701-4675
팩 스	0505-510-4675

Published in Korea by Homilbat Publishing Co, Busan.
Registration No. 338-2008-6.
First press export edition June, 2019.

ISBN 979-11-967055-3-4 (43810)